戰時書簡

歲月本森教授通信集

槍砲聲數年不滅，歷劫歸來的是希望抑或更深的絕望？

亞瑟・本森 —著
郭惠斌 —譯

MEANWHILE : A PACKET OF WAR LETTERS

◆一個不肯自我犧牲的生活，只能無力地遮擋苦難和遭遇
◆吸引魔鬼最微妙的方法，就是樂於虔誠地讓別人感到不適

因為人性的貪婪、利益的交織，世界陷入了愁雲慘霧之中，
在那個狼煙四起的年代裡，人們對和平、死亡有了新的認知，
歲月靜好與文明發展似乎不成正比，紛爭是無法逃避的宿命……

目錄

目錄

目錄

序言

這些信件是我的朋友H. L. G在那個悲傷與不幸的歲月裡寫給我的，我相信會幫助到其他人，因為我本人已從中深受其益。因此，我向他表達了強烈的願望——讓這些書信公諸於世。他說這些信件是專為我寫的，我回答說正是這一點賦予了它們價值：不是為作秀而寫，而是指向具體的實例；不是為作者贏得榮譽，而是面對許多人不同程度親歷的一場災難。他答應出版，我深表感謝。我希望這些信件能得到閱讀，而不是非難，並作為朋友之間的真情流露得到青睞。由此會開啟一條幽深的道路，這種絕妙是任何詞語無法實現的。

K. W.

注：由於顯而易見的原因，人名和地名均為虛構。

同情

希爾・斯特里特

我想妳可能會很驚訝，因為妳能收到我的這封信——或者說，一直沒有收到我的信。但自從我們在拉什頓見面的那天起，我的腦海裡時常會浮現妳的身影。我常回想起我們在花園裡的那次交談，那是一個空氣中充滿馨香的傍晚，向西望去，天空由金黃逐漸變成最為悲傷的蒼綠色，對我來講，這種顏色意味著光芒不再——那之後便是黑暗的來臨，它代表的是表面雖平靜，內在卻很憂傷，沒有安慰，沒有希望，只有黑夜之手握著屬於他自己的祕密。

當妳對我敞開心扉時，這些情緒在我頭腦中恍恍惚惚的，我太無助了，連回答妳的力量都沒有。我沒有什麼能給妳，除了一份同情。而與沉默相比，同情的話語幾乎更會令人覺得痛苦，因為它顯示的是給予者和接收者雙方的最大脆弱。接收者知道沒有希望得到任何幫助，而給予者除了無濟於事的同情外，什麼也沒有。

我在猜想，那時的情景妳還記得嗎？我覺得妳一定是感到寒心和失望。可是我當時不知道說些什麼，除了無聲勝有聲的話語——我全身心地愛妳和同情妳，卻又無法幫到妳。妳向我走來時，妳腦海中的我是一個堅強的人。記得與妳相見前，我天天誠惶誠恐，百般糾結於與妳面對面交談這件事。我從妳的眼神中看到想吐露心聲的願望，而我明白我的腦際一無所有，找不到一絲一毫可以支撐妳的東西。我並不懷疑妳會認為我以勇氣和希望承受著自己的重負，因為妳總是賦予妳所愛的那些人最好的看法。但是，不是這樣的。我只是對黑暗習以為常，我所表現出的歡快只是一個學會了在這種時刻生存的人的歡快——就如一個人在某種可怕事件發生前尚存的為時不多的間歇裡，會以一種奇異的方式讓自己快樂；也如一個無藥可醫的人會快樂——倘若末日到來前還有些時日。

即便如此，妳並沒有責備我；妳甚至沒有因為我不知所措而退避。我想妳是認為我覺得讓妳默然無聲地承擔起重負會更好一些，而談論它反而會增加妳的痛楚。我甚至可以相信妳認為我明智而有力，願神明能寬恕我！

但此時我寫這封信是想跟妳說，除了妳不再需要的我的情感表達外，雖然我無物以贈，但我覺得如果我們能輕鬆地彼此寫信，我們可能會一起得到一些安慰。我可以用寫信的方式說出我所想的；我常常不能以面對面談話的方式進行表達，因為一個眼前的朋友，他的神形體態直入我的心魂之間，會令我有緊迫的感覺。讓我們嘗試如孩童一般，手拉著手，一起尋找些樂趣，好嗎？那是最好的方式，也是唯一的方式。但是，當我能明確地知道妳希望這種方式時，才會寫給妳的。我不想做任何妳不希望的事情。

侵略

希爾・斯特里特

真心感謝妳的來信。我難以描述我此時的心情是多麼輕鬆，因為無論如何，妳沒有認為我是出於不良的想法。妳理解事物時總是胸懷雅量，而在這件事上妳所承受的要比我承受的多了許多。一年前妳失去了丈夫，我只能說，我想像不出世界上還能有任何一個人我會把我所愛的人託付給他；現在妳又失去了妳唯一的孩子，這是一個我當成自己的孩子一樣來照顧的男孩，不必提他的魅力和帥氣，單是他的淳樸和誠實彷彿已預示一個宏偉的未來。妳不要忘了這一點：妳為之犧牲的不只是情感，實際上是妳的生活——包括妳的專注、關懷、希望和種種活動。我曾失去過親友們，但是沒有哪個人的生命與我緊密地連在一起。我本質上講是孤獨和羞怯的。雖然我結交朋友和夥伴較為容易，但我沒有能力把別人納入我的內心——他們只停留在我的頭腦表層。只有很少的一部分人了解我——比如妳，看到了我生命的深處。然後是，妳不僅相信存在永恆，而且對它無疑是有一種直覺。我留意到妳多次連續談論那些已經離世的人們，不是刻意地，而是自然地談論，好像他們還在。我不同，我理智上相信生活在繼續，但我必須與有形有象的東西連接在一起，乃至我見不到他們的軀體就無法體會他們的形象。我感覺不到他們在附近遊走，他們好像已經鑽入某種未知的元素裡，從而把他們遮蔽在裡面了。我不想看到他們穿著天使般的裝束，展現著天國般的氛圍，我想看到他們像從前一樣，帶著他們所有的弱點和缺點，以及他們自己的方式。

所以，我能給妳什麼呢？妳失去了丈夫和孩子，可是妳並沒有失去他們。他們對於妳很真實，像從前一樣，只是暫時隱藏了起來。我知道妳的生活糟糕和淒涼，但是妳堅強、理智、善良。妳繼續承擔著妳的職責，妳不輸給任何人。我以前幫助過妳——妳提到了這一點，並且我相信確有其事——但只是在精神方面。我讀的更多，想的更多，談的更多；我學會了判別和區分事物；我有某種清楚的見解，這是從實踐中得來的，並且我不混淆品質，或者說不把次要的作為主要的——但正因為這樣我才有用處——幫妳理順複雜而困難的事情。

但我現在卻幫不到妳。妳已進入了一個思維幾乎發揮不了作用的領域，除了可以轉移一點注意力外，思維無法解決痛楚。但由於我只不過是出於禮貌，曾經耐心地承受我自己的一段較長時間的痛苦，以避免它在別人的幸福生活中泛流，當我只是有足夠的自尊扮演某種角色時，妳便覺得我有某種神祕的力量源泉。當然，在拉什頓，我也受此誘惑，試圖對妳說些神祕而莊重的事情，用格言來遮掩我的於事無補，但是我無法做到。

現在，既然我知道妳有此意願，我以後會天天寫信給妳。我將在我的腦子裡察看，並嘗試清楚地表達我的感覺和為什麼我會有那種感覺。但是我真得求助於妳，因為我已奇怪地變得神魂顛倒。我的意思是我傾我所能地生活在平和的夢境與形態中，而這場戰爭忽然給了我不真實之感。彷彿我所有的美好願望不過是徒勞的幻影。最終我得到了真實——一個可恨到目不忍視的真實，我們無法回到原來的想法和快樂。現在妳見到的是，在我身上沒有一點戰士的蹤影。我就是不相信武力可以解決任何事情，除非一個對手比另一個對手強大。大衛殺死了哥利亞，這倒不假。但那是違背所有人類經驗的某些幸運機會之一，因此傳奇小說家對此情有獨鍾，而我厭惡傳奇小說。我由衷地相信自由，但並不意味著我就相信武力。如果德國的鐵蹄踐踏了整個歐洲，雖然我們做不了任何事，但我們可以戰鬥，我們會取勝，如果我們真的勝利了，不是因為我們的事業是正義的，而是因為我們是強大的。倘若單是一個德國和比利時之間發生戰爭，比利時則無法打敗德國，儘管所有道德正義都在比利時一邊，而每一條邪惡都在德國一邊。我相信而且希望自由會勝利，但即便如此，獲勝的也不是自由，而是武力。更重要的是，很明顯，德國正在進行的戰鬥也是懷著充滿激情的某種愛國主義，並深信自己擁有某種道德、理想或希望，世界會因接受它變得更好。它相信周圍全是心懷嫉妒的仇敵，對它的偉大和公道報以憎恨。它也相信戰爭是上帝為這些病患國家開的良藥。儘管這種理論非常可恨，卻一貫地可怕，沒有人懷疑這種信念之強足以激發這個國家。這種理論是怎麼形成的是另一回事，但它的確存在著。如果說我們充滿激情地愛著自由，他們對懲戒和操縱的愛也激情不薄。由此產生的自我崇拜、自以為是和傲慢瘋狂對我們來講可以說是面目可憎，但是誰也不會懷疑有某種壯觀的自我犧牲在裡面；所有的激情，由於渴望得到服從而引發不顧後果的自我獻祭，也包含某種聖祭在裡面。

我今天就說這麼多，但是沒有哪位具有理性的人會把它粗略地理解為簡單的侵略。德國正被一種失常的知覺燃燒著，並狂熱地相信它的事業是正當的，這讓我感到很恐怖，因為不論它是如何產生的，其力量是如此巨大。

絕望

希爾・斯特里特

不，絕對不！我對我們的仇敵沒有絲毫同情！在我看來，這場戰爭就如火山噴發一般的災難，違背了人類對和平的希望和構想。或者就像處於潰爛狀態的膿瘡可怕地上升到頭部，並已感染了周圍的空氣。我認為戰爭是世界上見所未見的邪惡力量所做的最可怕的展現，因為世界並無不文明；這場戰爭正是在和平寧靜和秩序井然的國家之間爆發的。妳是否記得撒旦在《失樂園》（*Paradise Lost*）中是怎麼說的？

「我因此一個人，第一次飛越
荒涼的深淵，刺探新造的世界，
這裡因地獄之名並不平靜，
我希望找到更好的住所，

讓我受盡折磨的權力在地球上，
或是在半空中定居。
雖然用作領地，再一次嘗試
你和你的大軍勇於反對的行跡，
人們更容易的做法是：
侍奉他們的上方，天堂中的上帝，
用歌聲讚美祂的神聖權力，
進行遠距離的退避，而不是英勇的抗擊。」

當然，撒旦是《失樂園》中的豪傑——用這種方式表述他的情形比別的方式更易於令人接受。但是，人們心裡更喜歡輕鬆的樂曲，而不是冷酷的衝突和狂熱的圖謀，而正是那種對上天輕鬆生活的奇異蔑視，那種對天使意圖的可笑曲解，在我看來恰似當前德國的特徵。它同樣屬於這種偉大的荒謬。不論我如何深信和平相處是人類幸福的唯一希望，我都無法把輕視死亡這種頑固勇氣單純地作為一種怪癖來消除。我不擔心世界將會選擇這種理論，即使這種理論現在勝利了，它也一定會慢慢地破敗。我不懷疑人類的希望在哪裡，但是邪惡力量以如此驚人的規模出現，使我感覺到的是：就如我站在加達拉的城頭，看到邪惡靈魂進入卑劣的獸群中這種感覺。我首當其衝的最大陣痛是：邪惡如火如荼地爆發，已經擊碎了我一直秉承的由道德政府來掌管世界的溫和理論。我想我過去相信邪惡是某種有益現象，一種有教育意義的東西，是生活中艱難的一面，它會使人擁有創意、同情心和力量，打碎不該有的自負，逼迫人走出懶散懈怠，使他們認真、慈善、謙遜，讓他們走進上帝之愛。當然，這是一種艱難的困局，甚至是因為我們必須考慮人類選擇邪惡，即便沒有邪惡供我們選擇，但似乎只是技術問題，而那是我對上帝、責任和歷練的信念。但現在這種信念已經站不住腳了。至少，我無法再堅持它。

痛苦

是的，我知道，無論身體的還是心理的，痛苦到了某種程度，一定會使人忘掉痛苦以外的一切，並會抹去

「所有的思想，所有的激情，所有的樂趣，

不論什麼來攪動凡人之體」

希爾・斯特里特

那麼，一個人必須只是把他的劇痛隱藏起來；沒有必要用痛苦的景象來折磨對於減輕痛苦無能為力的人。此外，如在其他任何事情上一樣，人們在這件事上的天性大不相同。痛苦使某些類型的人感到害怕，回憶和預感對他們來說都是一種恐怖。而更有韌性的人在痛苦受到安撫的一刻會振作起來。還有一些人在受到同情時會感到得到了幫助和支撐。我不是這樣的，如果我正遭受痛苦，而另一個人

可能會走過來給我幫助和安慰，這時，如果我看見他的表情中反射出了我自己遭受的痛苦，那麼，為什麼我除了要承受自己的痛苦外，還要承受別人的痛苦呢？在我承受任何事情之時給過我幫助的為數不多的朋友，反而是那些對我的痛苦視而不見，想當然地認為我應該理性面對的那些人。那激發了我體面地表現自己的動力，儘管我知道有些人會覺得我這樣是冷漠無情。

我想我們絕不應該評判任何人承受和忍耐痛苦的方式。不是理性或意志承受痛苦，而是比這深刻得多的某種東西。我相信在承受巨大痛苦時，承受者的行為方式對他們來講是最好的——那是一種本能的癒合方式。可是我們卻責備別人在承受痛苦時表現得又冷又硬，或者是顯得脆弱、任性或失常。一些人透過沉默得到最好的自我治癒，一些人則透過抱怨來釋放——不管怎麼說，一個人能得到恢復，不是透過理性或思想，而只是透過繼續生活下去。

說起來很奇怪，我們之間能夠相互給予的是多麼少。我們的時間、錢財、關懷、建議、陪伴——這些東西中沒有哪一樣有多大用處！如果我們快樂和滿足，我們幾乎不需要它們；如果我們不快樂並遭受痛苦，它們則沒有任何價值。

痛苦不會被引開，更不會因爭論而離開。當我們為失去我們所愛的東西而經受痛苦時，唯一的幫助是愛我們的人默默關愛我們，它如溪流一般填入此時此際的空白，提示我們還有很多的愛與我們同在。但是在最初失去的時刻，即使這一點也無法幫到我們，因為痛苦之蒼涼使我們無法快樂起來。而我有幾次親身經歷的時刻：在非常劇烈的苦楚中，潛入到經歷的深底，發覺有某種東西極其真實又令人吃驚，我有一種奇怪的感覺，幾乎是狂喜。妳懂我什麼意思嗎？我幾乎無法描述，但那是一種對自己說話的感覺：「是的，甚至這個，我也能承受——甚至這個也不能把我摧毀！」這是一種最終無法被壓倒的意識，我覺得是一種對永恆的覺知。我不認為讚美詩作者在寫「你的所有波浪和溪流已在我身上流過去了。」這句話的時候，他是完全痛苦的。

有一件事我非常確定：忍受的唯一希望是讓意志和痛苦結成聯盟，接納我們的十字架，也就是說，不是被牽進既要抵制又不情願的折磨之中，而是抬起痛苦和羞辱的符號和工具，把它當成一面旗幟來支撐。妳知道華茲華斯的〈義務頌〉中有幾行精美的詩句嗎？

「然而，我會絲毫不減，至始至終，
我的行為仍會聽從我的內心之聲，
而且我的感覺已超越任何疑問，
柔和順從已進入我選擇的囊中。」

這就是祕密，如果說有一個祕密——那就是接受。但是，妳對這一切能夠心領神會，而不是我的語言所能表達的。我說了這一切，自始至終的想法，是我有一種想幫助妳的深切願望。假如我知道怎麼能幫助妳該多好。

美

希爾・斯特里特

妳還記得從前我們一起進行的那次長談嗎?當時妳和我都相信美。當我把它寫在紙上時，感覺起來很不自然，有空洞之感，彷彿它的內核已成為一個鬆軟的土球。但它對於那一切是真實的——太陽依然閃耀在海浪上方的某處，閃耀在碧藍的、波動的水面上，伴著白色的泡沫此起彼伏；閃耀在披著一層綠草的海角；閃耀在孩子們遊玩的海灣沙灘上，此時此刻，妳和我卻深潛於幽暗不清的水下世界。妳可記得，那時，它不是指人們普遍認知的美——日落、無邊的草原，以及美麗的身形和面孔陪伴著年月的歷練和力量，拱形噴泉充滿了光的伸展和音樂的起伏——這些全都夠美的了，值得我們感激。但我們試圖走向深入，到達平靜的思維、含有耐性的舉止和人格中蘊含的纖細的閃光。我們想看到事物的真實——並不是過上遮掩與苟求的一種生活，而是與人們打成一片，如果需要，也可以感受索然無味，如果必須，也可以忍受磨難。但是透過這一切，來練就對生活的一種態度：分享快樂，於世無求，付出自己。我們並不想讓我們的生活成為一個浪漫的畫面，或是期待全如五月裡花朵含刺的一個早晨；它根本不會是一個苛求或者與世隔絕的美麗，或是一種只有透過他人勞作才能購買到的樂園。它將是一個穩定而毫不洩氣的對生活的直面，當然也可以含有折損的目標和難堪的結局。但我們要從一切中找到美，並在我們自己的內心和生活中真實地對待它。我們要進行生活和戰鬥，不用爭執和挑剔，而是用平和、耐心和友善；不是焦躁、爭鬥或恐懼，而是如夏日清風一樣平靜地前進。現在，我說出這一切不是想鄙視或誹謗它。我相信，當時它確實很美很真。但是現在一陣狂風暴雨似乎已令它支離破碎，並淹沒了世界。對妳來講就更糟了，因為妳的愛屋已經成為斷壁殘垣；而且妳所承受的最糟糕的痛苦似乎把所有的美好演變成一個無情無義而又冷嘲熱諷的幽靈，就如愛麗兒的歌聲在發生了海難的海員上方響起：

「這首歌的確記憶了我那溺死的父親；
這無關死亡的事情。」

斐迪南如是說。它的可怕之處在於，這首甜蜜而離奇的歌曲玩弄了他的悲傷，並進行粉飾。當談及智慧的價值，約伯說到「珊瑚和珠寶！」就更顯英明，「不應提及珊瑚和珠寶！」妳看，這些聲音現在還縈繞在我的心頭。

但是，我們是不是要認為，我們就像神話中的小精靈，原來的所有夢想都只是出於幸福和喜愛而產生的荒誕不經的幻覺，如普洛斯彼羅的舞蹈演員那樣隨著一個混沌的聲音消失了呢？

不，我不敢這麼想。對於我們的生活，我不覺得我們哪個地方出了錯。我不為我們在那些輕鬆的早晨所做的交談感到羞愧。假如我們做的所有計畫是為了從泥礦中挑選出華麗的碎片，並丟掉其餘的部分，那會是另一回事。但是我們從未想過或希望過進入一個香味濃郁的花園，轉而從職責和普通生活中退出。我們的希望是化平凡為美好的東西，既為我們自己，也為我們周圍的人。我繼續從事著我的工作和各項事務——會議、旅行、信函和採訪——大部分都非常枯燥乏味，而且我也嘗試著讓我的生活小角落健康而甜蜜。而妳所做的有我的三倍之多，因為妳沒有為自己的個人快樂保留任何東西，就像我沒有保留我的音樂生活一樣。

妳完全為了別人而活，這使我詫異不已，甚至有些妒嫉。不，我一刻也不相信我們錯了。如果要從頭再來，我仍會這樣做，儘管我會希望做得更好。但我們還能否重新回到那個灑滿陽光的路上嗎？有一件事我可以確定，就是我不想讓戰爭這種恐怖仍處在我的臂彎之外。我不想逃避它，忘掉它。我要看見它的全部含義，如哈姆雷特所說：「雖然它打擊了我，我將穿越它。」如果我能，我將變得不同，即使這意味著放棄原來的所有夢想。如果我能解開真相，我就什麼都不會保留。我不想要任何幻想，或舒適的偽裝，而且我相信，妳也有相同的渴望。

黑暗降臨

希爾・斯特里特

妳給予我的來信深切的耐心和憐憫，深深地打動了我，超出了我的語言表述。但請妳一定相信，我這麼說時，我對於這一切沒有絲毫的自我憐憫。我不覺得像一個被打斷了遊戲的孩子——我不覺得這是可憐的。我不需要任何憐憫，即便是從上帝那裡。妳記不記得我們都認為自我憐憫和對誤解的抗爭是所有態度中最軟弱和最低級的？除了因自己的過失造成，否則不會有人誤解。但是雖然我看到了妳的信念，雖然我覺得它非常完美，我卻無法跟隨。妳看，畢竟妳得幫助我。我不會有任何順從的念頭——我不認為應該順從。不管道路如何黑暗和泥濘，我將與上帝並肩同行。我不想被拉著走，甚或是被輕輕推著走。我不確定我是否完全理解了妳的意思，但我根本不相信所有的悲慘、消耗、仇恨是來自上帝。我認為上帝正全力與之戰鬥，而且祂是被緊密包圍和阻礙著。如果祂後退，那也是英明地、專心地、熱切地進行。如果祂讓成千上萬的人受到攻擊，並看到他們倒下和死去，那一定是因為他們根本沒有死，這與我們稱之為死亡的不一樣——他們只是轉移到其他的某個地方——重生，或許是為了幫助世界提早一代。當然上帝是不會被擊敗的——我不那麼認為。但正如救世主告訴我們的，上帝說「這是你黑暗的時刻與力量」。可是大量的邪惡瘋狂地聚集，使我感到氣餒；他們沒有被早些驅散，在我看來這是不可想像的。我相信，上帝並非是讓他們的內心冷酷無情，但上帝一定是完全看到了這種恐怖在增大和聚集，並不斷感染已經中毒了的可憐的靈魂。這種想法幾乎讓我目瞪口呆——若是我們這些擁有熱愛自由、和平與平等思想的人終究是錯的呢？若是我們認為個人是上帝的關切，這種想法是錯的呢？那似乎曾經是基督教的力量。它來到世間之際，正值人類被當作不重要的東西，可以被買賣和交換，只是出於所有者的樂趣和盈利。基督帶來的訊息是對每一個這樣的人，讓最底層的奴隸感受到尊嚴和價值，讓他相信自己做的、說的、想的一切對於上帝很重要。正是這個原因，基督教悄然而至，像春天到來了一樣，傳遍了世界，到處都吐出希望和愛的花朵。沒有人猜測剛開始時發生了什麼，接下來是有人懷疑、威脅、迫害；但世界仍繼續遍地花開，直到一個基督教世界呈現在我們面前。我過去一直相信這些在繼續。我看到了仁慈、善良、人道、憐憫、同情，一切都在上升，人們學會了彼此相處。但是現在，這個黑暗的影子降臨了。若是所有一切已經到了極致，將要翻開新的篇章呢？既然個人已經達到某種均等的理性和友善，人類是否就得學會以一種新的秩序融合在一起，在這種秩序中，人類將不在乎自己的尊嚴和個性，只是用無言的自我付出，盲從地服務於一個事業呢？這終究是否可能是上帝的一個新訊息呢？我們稱之為自由的東西是否只是一個樂趣，是一個現在我們必須摒棄的奢望呢？我們是否必須要知道我們無法各自做任何事，無法分享和致力於任何事，除了壓制我們所有最渴求的希望和幻想呢？我並不是說德國已經掌握了這一點，但是它是否是在正確的路線上呢？它的驕傲、虛榮和自負是否只是它的光亮所投射下的影子呢？我一刻也不相信這一點，我只是用我最簡單的語言說出了襲在我身上的恐怖；如同用於治療的刀刃切入神經時人的肉體所發出的顫抖，我對這種理論非常厭惡，我拼死地退縮。它是否會是苦澀的真相？是否只是因為我太老了，心腸太軟，太過奢求，以致不能理解和面對它呢？當惡魔亞玻倫的面目尚未明瞭，此時我仍然感受著基督的情懷。我心靈的每一根直覺都尖叫著：這是黑暗王子！但即使如此，我必須識別出他的美德，如果可稱之為美德的話。他有力量、英勇、技巧、決心、創造性。這些品格既不屬於邪惡，也不是正義的專利。如果我能，我必須使用這一切來進行對抗。不過有一個麻煩，就是如果這些是優良的品格，我必須承認其具有這些品格。實際上，理性此時無法幫到我，可是如果我求助於直覺，我又如何才能知道我的直覺是對的，而德國的直覺是錯的呢？

我胡亂不清地說出這一切，但我知道妳能明白我的意思——簡單地講，我根據什麼標準來檢驗我的對手的理論呢？我不想只是簡單地接受令人傷感的宿命論，並說「如果我不相信我感知到的，我就什麼也不信。」——那是非理性和偏見的最流行用語。我不敢想像我可以隨心所欲地樹立我的偏見來進行最終裁決。

妳看，我身上的每一根神經都相信自由的希望，並厭惡暴力的論調。但是我不能盲目地逃入某一個信仰來避難，我的對手的事業越是令人反感，我就越要公平地對待它，來弄清楚它的真正意圖。

死傷

希爾・斯特里特

此時此刻，最令我痛苦和困惑的一件事就是死亡的消息如潮水一般不斷湧來——某個朋友忽然提到的，或是在戰戰兢兢地打開看的一封信裡，或是在一天一天的報紙中。我感覺自己是在遭受瘟疫的城市裡忙於事務的一個人，當他開始工作時，一個小時一個小時地從房頂不斷傳來喪鐘的鳴響，他猜想是不是某個朋友死亡的消息是在空氣中發布的，帶著沉重的悲鳴。我在這個世界上已生活了很久，透過各式各樣的方式已認識了很多人，以至於如果沒有得知一個或幾個我認識的這些人受到打擊，我就幾乎打不開報紙。一個人變得真的不是冷漠無情了，而是期待某種厄運或別的什麼。

當一切剛開始時，我認為我會忍受不了的，而現在悲劇在繼續，我沒有失去知覺或健康。心臟是無法承受過量的痛苦的，這倒讓我想起一個故事：曾經有個人被處以絞輪的刑罰，在連續受到折磨後，他笑了，隨即對牧師說，他笑是因為他所害怕的痛苦終究是一件輕微的事情。我猜他已麻木了！當我想到它意味的一切，所有這些年輕的生命，我們所發現的最好、最美、最新的生命隕落和荒廢了，當我想起這些有精力、有力量、快樂並自我犧牲的人，正是我們世人最為需要的，能填補世界，並渴望與世界上的邪惡力量進行抗爭的人，並且所有這一切都是源於那種侵略、掌控世界、極端自負的理論，出自於一個不但大肆消耗別人的力量，也消耗自己的力量的國家時——我反過來把這種恐怖退避開，感到我必須盡最大耐心忍受這既不能否認，又無法理解的焦慮感。並且我還覺得，我們被造得很奇怪，非常頻繁的痛苦竟然會有調解力。哈姆雷特說：「你知道這是普通的事。」在墓地中行走不是一個不幸——反過來說服人們，死亡並不是我們所感覺到的那種邪惡，我們不應當如此害怕所有人都必須經歷的事情。我經常會記起斯特林臨終時寫給卡萊爾那封閃耀光輝的信。在這封信中，他說正在走向死亡的人與其說是感到悲傷，不如說是感到有點奇怪，而且比不上站在周圍的人感到的那麼奇怪和悲傷。所有的經歷顯示，死亡的人並不害怕死亡。我曾經不得不面對它時，我沒有懼怕，甚至根本沒去想它：它似乎只不過是進入睡眠，它偷偷地來臨時，是很輕柔的。我們處於健康狀態時害怕死亡，是由於我們求生的意願。但是當死亡到來時，它輕柔地把這種意願帶走了。一位拉丁詩人說了一句可貴的話：上帝對那些想繼續活下去的人隱藏了死亡之樂，因而他們會耐心地活下去。伴隨某種顫慄的感覺，我也的確相信死亡很可能包含某種有福的經歷，它沒有毀壞我們的生活，而是把我們從大部分麻煩中解脫出來。這是我們的信心最遠所能達到的。假如我是一名戰士，我害怕的將是受傷所導致的傷殘以及能力的喪失，而對瞬間默默地死去則不會太害怕。並且，當想到我的朋友們如折翅之鳥一般逗留於人世，我就為他們感到害怕，這超過了我對他們死去的害怕，因為我知道破碎的生活會造成哪些問題，而死亡則把所有的問題、所有的迷惑和痛楚，直接從我們手掌中拿走了。

但是，我的信仰顯得無力解決的那個部分，是這樣一個事實：某種東西把羨慕和尊重戰爭，甚至把喜歡戰爭放入人們的腦子中。這種天性如此強烈，以至於雖然我們也珍惜文明，但是我們把它奉獻給戰爭時卻毫不猶豫。我們對德國文明的懼怕超出了我們懼怕我們自己文明的破產。這在我看來，是所有事物中最艱難的困境。我們應該學會相互結合，一起和平地生活和工作，引導世界前行。這的確好像是上帝的設計，然而上帝也鼓勵，或是祂不願或不能驅逐能使一切善意合作成為不可能的戰爭欲。我不相信上帝在這個問題上對抗自己——一方面鼓舞一些人團結共融的願望，而另一方面鼓舞一部分人使團結共融喪失殆盡的願望。我不會默然同意這種看法。這是最末等和最令人驚駭的玩世不恭，它使上帝成為了情緒化的東西：有時熱切地希望和平，有時因脾氣大發而屈服於屠殺的欲望。就如我對妳講的，我最終相信邪惡的現實如某種難以平息的東西，一切處於上帝之外，上帝盡可能明智而且急切地與之戰鬥。

這是我們這些非戰鬥人員頭上的陰影：沒有一個明顯的職責要做，或者一個要經歷的風險，或者一項要執行的任務，但是，又不得不對這一切感到極度痛苦，猜想它從何處而來，以及能找到什麼解救辦法。我也不認為應該讓我們自己因為戰爭引發起來的勇氣、自我犧牲和高尚行為太過顯赫和令人驚愕，以至於懷疑裡面是否根本沒有偉大的東西。一場大火對於旁觀者來說是畫一樣的東西——由本無生氣的東西積攢火焰，並釋放出來，火苗狂野地跳躍，滾滾的濃煙，迅猛的吞噬力量——還有它在滅火人員身上引發的勇氣——有它光輝的一面；但是，我們並不為了看到它和戰勝它去我們的城市放火，而且沒有哪個政黨會贊成那麼做。

但是，那是非戰鬥人員的包袱——他必須觀看，就如從高處的一個窗戶，看到一個可怕的悲劇上演，卻又沒有任何辦法制止或減輕它。我已盡我所能地施予幫助，這方面的工作我必須還要繼續，包括錢財、聲援和書信。但我真正能做的太少了，大多也只是表達我給予幫助的願望。我不能說大多是真正用得上的，也許錢財會有些作用，而遺憾的是，這已經因為戰爭而減少了。但是，這一年的工作，我比過去很長的一段時間以來更為努力，而且還有持續不斷對時間和精力的零散要求。由於工作、焦慮和憂傷，我經常感覺很累，可是我又不能自稱我為了我所深信的事業做了任何事情，除了擔負少量轉交的任務。所有這些就我來講，對生活已構成危害，使我感到長時間的難以形容的疲勞。不眠之夜、憂傷的日子，消耗著力量、希望和勇氣，使我徒勞地厭煩著一切損耗、毀滅、失去和殺戮。我對妳說，在許多日子裡，我曾經歡迎死亡。對暴躁和煩惱的地球關閉大門，跨步穿越，似乎是一個充滿喜悅的美景，我知道這屬於病態，我只能希望和祈禱這場戰爭不會使我比原來更加糟糕、更加疲憊、乃至無助和消沉。關於這些，我已說了很多。我並不是希望把我的負荷轉移到妳的肩上，實際上也沒有什麼妳能幫到我的。妳唯一能幫到我的是，妳讓我相信妳的愛和理解——就像我在這些荒涼的水域中賴以牽繫的錨。

失眠

布萊克斯特・雷克托里

上次我寫給你的信中，寫了許多我覺得在信中很可能是不該寫的——枯燥、憂傷、嚴肅，還寫得非常長，簡直全是丟石塊。然後，我離開家，來到我的朋友史坦頓剛使用了一個月的那座房子，這是他在陸軍部拼死工作後，來這裡修養的。我幾乎無能為力讓自己去，差不多就要說自己身體欠佳了——我不知道我會遇見誰，而且我覺得我很難表現出優雅的輕鬆狀態。好在來了以後，我發現我自己是唯一的客人——哈利．史坦頓和他的太太兩人都是我的老朋友。昨天晚上，我和他就當前時事進行了長時間交談，儘管他很謹慎，什麼也沒流露出來，但他身上那一種平靜的氣氛，在很大程度上驅除了我心裡的魔影。他並沒有輕視困難和危險的存在，談到這一切時，他彷彿沒有任何的疑慮感，這使我感到安慰，也為我揭示了我的沮喪大多是由單純的恐懼造成的——我希望這不是我個人的恐懼，而是懼怕世界正失去一個成熟與收穫的珍貴禮物。我昨晚睡得不錯，今天的天氣又是美麗、平靜和晴朗。這座房子是一個又巨大又古老的教區長住宅，教堂就在鄉路的另一端，四周草地上鑲嵌著古老的大樹，遠望去，寬闊的牧場中間蜿蜒而行的河流極為清澈，它的邊緣是香蒲、珍珠菜和像箭頭一樣的蘆葦，已經開花了。繞過垂柳掩映的小島，在寬敞處有幾個水閘，或是凸起的小廠房：時而地面升起，超過了水面，懸著的樹枝傾斜到水邊，或者水道駛入了遼闊的田野，一叢叢樹木和屋頂出現在地平線。可以見到翠鳥閃著珍珠般的光亮飛奔，在某處，五六隻蒼鷺騰空而起，拍打著翅膀飛越河床。我出來時，空氣中充滿了遠處的鈴音：樹木繁茂的海角底下，那只有幾個人，悠閒地坐在停泊著的平底船中。我不時聽見躲藏在近處樹葉中的小鳥的哼唱。我獨自行走——史坦頓夫婦去了教堂；我回來時，我的煩惱已一掃而光，我的頭腦就像那條河流，儘管伴有幽暗的水池和蔓延的雜草，自己卻清澈涼爽。不是因為我忘了世間的煩惱，也沒有忘掉你的憂傷，但是，它們作為生活的一部分找到了位置。我可以平靜地看待它們——不再是暴風烏雲和尖銳氣流下的倉促狂飛。人應該如此容易受到影響嗎？或許不是，但我生性就是這樣一個人：如果一個敏感的思緒使一個人陷入思想的沼澤深坑，它也會迅速地抬起另一個——而且我也不想看到我再任意地繼續悲傷下去。我想，讓我得到幫助的，是見到了世界以往的生活。它的真實而賦予生命力的生活，正在以同樣的方式繼續進行著，完全沒有受到此時此刻或許正在發生的某種悲傷情結的影響。直到我感覺，雖然一切算是糟糕，但與我也全無關係，至少我對正在發生的一切所負的責任，完全不及自己常常經受的病態時間應擔負的責任。我知道，不論發生什麼，我們必須生活，而且是完整地、心懷感激地生活。這時，對美的感知完全回來了，這並不是譏諷，而是作為一種必須經受的、必須用意志投身其中的東西。不論它是什麼，我們必須喜愛我們的命運，這不是出於思想扭曲，或是幻覺連連，而是因為它是可愛的，是因為有愛在它的裡面和後面。我真想當時你與我是在一起的，你或許也會有這樣的感覺。我站在爬滿了櫟樹的小山上，看著牛群沿著草場慢慢地移動，河岸伴隨著清水捉弄香蒲莖的情景也抖動著——雖然我記得，曾經如此平靜的風景已演變為可憎之國噴湧的狂怒，摧毀了家宅、毀壞了教堂、荒廢了田園，但我也看到處處是回歸平靜的強大力量：生活、安頓、居家、樸素的生活，這些將熱切而快速地重新開始，並流入脈絡。無論好與壞，我不會說所有的人類圖謀和計畫，我們的所有設計，只是浪費時間，因為我們是透過這些取得了進步。但我看到還有一個關乎每一個人的更深刻的東西——渴望生活、滿懷友愛，以及樂見我們的小世界在彼此信任和相互關懷中幸福地存續。那依然是我們永恆的使命：了解人們的心靈，把我們自己與他們連接起來，敞開心胸，和睦地融入浩瀚而平靜的塵世生活。今天，我看到這一切在無限的領域中正在繼續著，在流動的海水內外，在熱帶叢林和海洋圍繞著的內陸中，介於寂靜而冰冷的兩極之間，環繞世界湧動著一條最為豐富多彩的地帶。我不想使用大的詞彙，但上帝確實以一種偉大的父親般的慈愛與我做了交談，使我知道他真的就在我們身邊，只要有生活的地方，他就讓所有的生靈，充滿了共同擁有生命的偉大遺產和幸福快樂的感覺。

愛的祕密

布萊克斯特・雷克托里

下午，我們坐在戶外充滿了馨香和嗡嗡聲的歐椴樹下，小蜜蜂也飛來飛去地在這裡相聚，牠們個個滿載而返，太陽從天空移到了西方，投下長長的影子。我們讀了些資料——史坦頓用他自己的莊重而緩慢的聲音優美地讀著，隨後又增添了音樂。讓這些成為可能的並不只是財富，因為當中最好的部分，是鄉下任何一個有這種渴望的人都能擁有的快樂——太陽、河床、小溪等景色對所有的人都是免費的。遺憾的是，當有這麼多唾手可得的喜悅時，人們彷彿就不想要這種特殊的喜悅。但我想，這種喜悅朝著我走來。多一點想像力，多一點別人也擁有快樂權利的意識，我們應該在這條道路上遠行。

我希望你也能擁有這樣的一兩天：我相信，它會有助於治癒你的憂傷。最能使我們受到傷害的是我們對自己命運的抗爭和竭力奮鬥。焦躁不安地構想或許發生了什麼，那麼幸福就在我們沒注意到的情況下從我們身旁溜走了。不要認為我忘了你的情形比我難得多，失去的聲音、腳步以及那些不會再來的情景。雖然你現在不知道，但我覺得你甚至比我更快樂：因為我從未親身經歷過那種近距離的接觸，那種生活的攪拌——不論發生了什麼，你的生活和記憶已經因之得以無限豐富。像你擁有的這種愛，是一種任何事情都無法奪走的財富。儘管你暫時失去了它，但我還是羨慕你這一點。在生活之外，有一種珍愛在等著你，對此我不能索要任何東西——你知道愛的祕密。

天晚了——我聽到教堂的鐘聲，在樹葉中低沉地敲響，此時正值午夜。花園的芳香飄入我的窗子，我看到薄如蟬翼的霧紗在柔和的月光中迴盪在小溪上。我相信這一切在試圖對我說些什麼，雖然我現在還無法了解，但我一旦了解，我就再也不會感到疑惑和遺憾。

溫柔

溫布頓

昨天是電閃雷鳴的一天，很沉悶，天空中有些地方又亮又晴，但是隱隱約約漂浮著烏雲，彷佛一觸碰就會跌落的樣子。我一直沿著河流行走，於是又在郊區開闊的田野間取道而回。路上，可以看見士兵們正在演習和操練，靠近小道有一些較大的臨時營房，作為商店和食堂。我們正通過其中的一個屋子時，忽然一聲悶雷響起，大雨傾盆而下。

站在門口的一位下士請我們進屋避雨。這個營房空間很大，我的同伴說，裡面與蕭伯納的一個戲劇中的場景非常相似。一堆堆瓶瓶罐罐整齊地疊放著。長條桌上擺放著乾豆、穀物和一大堆香腸，搭配著一大塊黃油和一排新鮮的麵包，正準備作為小吃發放。一個士兵正清掃溢出來的穀物，另一個士兵正從已經清空食物的盒子裡取出釘子。四位年輕的士兵正圍坐在桌子前，邊玩遊戲邊大聲地說笑。

看來這是一個既繁忙又快樂的地方，豐實的糧食儲備讓人們感到滿足。

我們站在那等著。一直在外面玩的好多孩子聚到了門前，是一些小男孩和小女孩，他們推著三四個嬰兒車，裡面是稚氣未乾的嬰兒，用力地吸吮著奶瓶，並用眼睛盯著士兵看。「進來，孩子們，進來，」下士對他們說，「你們在外面會溼透的。」孩子們跑了進來，由於門口的臺階高，小女孩扶著嬰兒車進來時差點摔倒，兩位士兵趕緊跑出去，從雨中把嬰兒車用手抬了進來。另一位士兵一邊穿襯衫一邊跑出去，嚷著：「天啊，我把大衣落到外面了。」孩子們開始玩了起來，有的摸弄裡面的物品。「嘿，孩子們，不要動手！」下士和善地說。我對他說：「哎呀，整個牧區一會都會來這裡的。」「噢，讓他們來吧，」他一邊繼續工作一邊笑著說，「雨一會就會停，下得快，停得也快。」正在玩的一個士兵把一個男孩抱在他的膝上讓他觀看，其他孩子也聚攏到他的周圍。這是一個美麗的情景，自始至終充滿了溫柔和善良。孩子們在士兵中的感覺就如在朋友中間，我最喜歡的是這樣一種方式。

瘋狂

溫布頓

昨天，我與一個非常難得的人進行了交談，他自始至終顯得敏感和心軟——我真的覺得他的頭腦完完全全與他的心一樣軟。他非常渴望人們能討論和平條款，面對各種可能，考慮能做些什麼，他習慣了這樣的想法。他認為和平到來時世界會更為合理，更為體貼，更為安寧。我不同意他的看法。首先，在我看來，這樣的事情總體上或許可以臨時存在，這對於普通人來講是無用的——當然我希望我們的政治家們會考慮這件事。再者，這可能會混淆兩種思維模式，就像校長混雜著感傷和倫理鞭打學生，鞭打過後，又考慮這麼做是否符合倫理來了。我們的情況是，一個人，他的夥伴忽然把手槍逼到他的頭上，這不是把求得體諒作為第一選項的時候！而且大多還得依賴德國的思維模式。按照德國自己的說法，戰爭是治療病患國家的良藥，按照這種理論，倘若德國能夠看到自己是病人而不是醫生，倘若看到自己被軍國主義者們和教授們欺騙、麻醉、誤導和利用，並因此毀了自己整整一代人，結果只是證明了正常國家是不允許像海盜那樣瘋狂行事的，那麼歐洲會有一些希望。但是，如果德國最終陷入一個病態、惱怒和復仇的絕望中，並再次興風作浪，使自己比以往更像一個豪豬，那麼這只會意味著繼續一場又一場的戰爭。你不能像對待一個叛逆的孩子那樣對待一個很大的國家——你不能打德國的耳光，然後令其在房間的一角接受罰站。我們的希望是，巨大的妄想可以像一塊烏雲一樣予以清除，令其看到自己的醜陋、殘暴、自負和可憎的面孔。當然，像許多人一樣，我感覺我們的報紙所進行的情緒性的謾罵和神經質的自我輕視對我們造成了許多害處。他們由於堅持認為我們自己軟弱和混亂，從而最大程度地勸阻了中立國家加入到我們之中。我希望政府能接管此事，盡可能防止國家的聲音像報紙顯現出的那樣，如此無法匹配和代表我們真實的思維模式。我可以滿懷感激地說，我還沒遇到過任何一個人，像我們的某些報紙那樣荒謬、膽小、刻薄、疲倦和野蠻。任何一個人說話或寫作，只要稍微有一點溫和的跡象，就會馬上被肆意地罵成是親德。我必須誠實地講，戰爭期間我對我們國家感到的唯一的恥辱，就是任何人都可以認為我們這個偉大、平靜、寬厚與和善的國家，應該任由這種低級下流的尖叫聲。它基於邪惡的激情和故意的設計，真正成了力圖專制的嘗試，以壓制言論自由和思想自由，這樣的做法既不屬於英國，也不屬於基督教。所有這些中最奇怪的部分是，千人一面地用最強烈的方式譴責德國，所建議的唯一的實際措施就是我們草率地採用所有德國體制中最壞的部分，以便在痛斥德國的聲音中得到心滿意足，我們開始按照德國的方法集結我們的每一個部門！我們對德國的恐懼能否更為公開地表達出來，而不是宣揚我們唯一的拯救方式在於抄寫德國呢？如果我們鍾情於造成歐洲災難的體制，那將真的成為戰爭留下的最壞遺產。若是我相信了這一點，我真的會絕望。

但是給了我希望的是，雖然某些報紙用狂怒、氣憤、恐懼和自我貶低來竭力使我們瘋狂，國家還是證明並不適合仇恨。一個既深且重的憤慨，表現在厭惡德國的欺騙與暴力，在本質上是完全不同於德國由自身引起並感受和表露出來的憤怒。德國的頌歌和詛咒，它的咬牙切齒，它揮舞的魔爪，它復仇的嚎叫，全都無非是瘋狂。就如計畫一個接一個已經破產，我覺得它完全潰敗的方式，顯示出他們悲傷地恢復了知覺。他們起初是要求改變歐洲的宗教、精神和機構，現在他們則開始說他們完全被誤解了。我確實相信，他們是被牢固有序的愚蠢毀滅了，而不是任何別的東西。每當了解其他國家的感受和思想變得重要時，他們所形成的接連不斷的錯誤、誤解和荒唐，都成為盲目自大的例證。他們不了解世界，他們只相信自己願意相信的。這完全像稚氣未脫的孩子一樣！他們似乎沒有超出學校男生的那種思維程度：如果你擰一個男孩的手臂，直到他說了你想讓他說的，你就等於說服了他事實真相。在我看來，他們不像成年人，他們就像男孩把自己幻想為成年人，只有傻氣、虛榮、貪婪和趾高氣揚的思維層次。簡單地說，德國如此愚弄了自己！一個下流、欺騙、好鬥的孩子在家庭中也會表露出來，長輩們充滿焦慮的是如何使他恢復理智的思維。簡單的懲罰是不夠的——必須教育他，讓他長大。在我看來，怎樣能把一個如此愚蠢、粗野、狂傲，如此缺乏想像力和同情心的國家帶回到賢明國家的行列，這是將來的大問題。這是將來必須要解決的。

權力

愛的力量是多麼奇怪啊——我的意思是，它是這樣一種難以理順的東西。

希爾・斯特里特

野心勃勃的權力愛好者大多會自欺欺人，他們設法相信他們是出於帶給他人巨大利益的意願。沒有人是出於希望令人害怕與憎恨作為出發點。得到羨慕、尊重視和喜愛，這總是人們渴求的一種時尚。德國人甚至堅持認為，他們的目的是利益世界。他們相信，他們已經發現了正確的生活方式，並且企圖教育別的國家如何去做。這和我認識的所有胸懷野心的人一樣，他們相信自己知道如何經營某種事業，並且用努力工作和禮貌待人開始讓自己成為不可或缺的人。但是奇怪的是，當人們獲得了權力，得到的結果卻總與他們所期待的有很大差別。通常，他們夢想那將是一種輕鬆舒適的生活，他們將發號施令，從而得到他人的順從；他們將得到依賴和信任，從而受到毫無保留的擁戴。情況恰好相反，那意味著勞動、責任、焦慮和爭鬥，許多長期占居權力和影響力的人最後坦白地說，幾乎不值得費這麼大力氣。可是它又是一個很少有人願意放下的東西。就像一個強效藥物，人捨不得不用它。真正處於公眾生活中的人，很少有人對公眾利益沒興趣，希望能夠有用和被愛。正是這些人真正幫助世界前行，但是需要較長的時間才能建立起這種影響。這不是一個美麗如畫的風景，因為它需要默默而慢慢地到來。

這背後真正的動力是，讓自己被人了解的動力。而透過阻遏他人的願望比起犧牲自己的願望來做事，更能獲得看得見、摸得著的成就感。想讓人屈從於輕蔑和鄙視是不容易的，讓自己被人了解的最容易的辦法，是使人們害怕抵抗妳。但是我相信，最有雄心的人把它看作一個準備階段，當他們獲得了統治權時，他們會善良和正義，並使他們的服從者幸福和滿意。一個有影響的人不是簡單地想要拿走別人的快樂，他只想讓他們承認這些快樂是在他的支配下才得以擁有。渴望得到別人的感激，我相信這是一切雄心壯志的基礎。有力量的人堅持認為，即使他的仰仗者們無法馬上心存感激，他們最終也會是感激的。那種順從是自然和有益的。很少有君主一點也不想表現善意。這就使雄心壯志成了高尚思想的弱點，它展示自己時披上了希望讓人快樂的外衣。世界上大部分胸懷壯志的人希望贏得國家的感激和掌聲。肆無忌憚又損人利己的暴君，身上通常都有一點精神癲狂，即使這樣的人，一般也會有某些他施以恩惠的朋友。的確，我相信權力在本源上一直是一個施予快樂的願望，而不是把快樂奪走。

這使我感覺對權力的喜愛是某種邪魔扭曲了令別人快樂的願望。它使我在與人相處時，不相信人所具備的認為某些東西不好就加以克制的本能，而只是把某個人相信是對的東西給了別人。我寧願因放縱出錯，而不願因抑制出錯。當然，和非常有經驗的人一起，對他們解釋某種自我滿足很可能存在的弊端，這有時也是必要的。但是，如果妳想幫助別人，就有必要顯示妳愛他們。用專橫和冷漠是做不到的。

我想，我現在如此厭惡德國方式，是因為他們那種自以為是和自命不凡令人難以忍受。如果他們完全是侵略，完全是自私，我當然會很憎惡。但至少，我沒有不幸地知道他們期待別人羨慕他們的偉大、他們的創意、他們的完美。在我看來，如果用人的尺度來衡量，他們是太下賤了。他們要求騎士美德。他們稱我們是一個店主國家，認為用誠實工作來製造產品，並依此獲取利潤是可恥的。他們的騎士思想就是來了不付錢就把東西拿走。這場戰爭中最卑鄙的事情之一，是他們搶奪和竊取了別人勞動的成果，並稱之為刀劍神威。如果他們是有所顧忌、厚道而慷慨的仇敵，那會有非常的不同，但是他們還沒有超出這樣的信念：撇開誠實的智謀才是英雄的標記。他們的道德是《伊利亞德》（*Iliad*）和《奧德賽》（*Odyssey*）的道德。在這樣的道德中，偉大的人不但是身體強壯的人，還是既能撒謊、欺騙，又能毀壞、掠奪的人。他們沒有榮譽觀念，沒有一點君子的感覺：有些事，君子是不可以做的。我想起拿破崙說過的話：權力從來不是可笑的；可能不可笑，但它有可能是可鄙視的。那麼德國人就是如此。

職業軍人

希爾・斯特里特

我度過了新奇有趣的兩個星期，回來時，感覺思想更為平靜，而且我相信我更富於理性了。巴頓少校和他的太太是我的老朋友，他在那托爾（Nutwell）有一個參謀職位。他很富有，在那租了一所房子。我是在倫敦我所參與的俱樂部裡不經意遇到他的。關於戰爭，我們談了很長時間。他最終誠心誠意地請我來與他同住一個星期，到現場看看一切都是什麼樣子。於是我去了，起初我感到害羞和焦慮，結果在那，我和他們共度了兩個星期。

那托爾是一個非常少見的鄉下小鎮，很迷人。房子各式各樣，從低尖的都鐸王室風格的住宅、突出的上部樓層、漂亮的小片雕刻，到配有大花園的紅磚大公館，非常美麗。街道拐來拐去，很奇特，而且完全是建在山崗上，一邊是河流，頂上是一座莊嚴古老的教堂。我度過了一段非常繁忙的時光。巴頓的房子古老罕見，屬於一名退了休的律師，他逃離了喧囂，來到這有水的地方。這裡有許多鑲牆板的低矮房間，雖是正對著主要街道，後面自己還有一個很大的背陰花園。一些部隊在鎮裡設立了兵舍，其他部隊住進了在鄰近公園裡的臨時營房。我看到了好多好多軍官，各種級別的。巴頓是一個熱情好客的人，他隨意地邀請人們進來。我經常在食堂裡用餐，出席簡單的歡慶活動和歌唱會，身為一位普通市民，盡可能地投身其中，與他們的生活真可謂融合在一起了。

有一批職業軍人，還有相當多的地方自衛隊員。地方自衛隊員來自各式各樣的職業——律師、商人、鄉紳等等，社會地位差別很大。他們中一些是富人，另一些人在很大程度上犧牲了仕途和收入。我在這裡交到了幾位真正的朋友。艱苦的工作、訓練、社交、價值感以及對此的興趣，在他們身上通常激發了很大的快樂和善良的心性。他們非常誠摯地歡迎我，隨意地聊起他們自己和他們所關心的一切。他們坦率的特性令人愉悅。我發現他們對各種事物都感興趣——書籍、藝術、古玩、政治、宗教——我和他們有幾次非常難忘的交談，難忘，我的意思是，因為他們表現出來真誠和直率。我聽到了他們坦白而理智地批評軍隊的事務和方式。他們中有一兩位好像覺得他們對於這種職業來說有點老了。有一兩位對我真情吐露他們的家事和顧慮。的確，就我而言，面對投身戰鬥的前景，他們的生活狀態，以一種奇妙的方式除去了我一貫的保留和隱藏。我很少遇到過如此多的人能夠真正說出他們的想法和感受。尤其記得在一個溫暖的夜晚，我和一位年長的上校在花園裡進行了一次長時間的平靜交流。這位簡樸正值的人給了我比以往聽過的任何評論更為清楚的宗教見解。我發現，他非常討厭宗教中一切符號的、神祕的、藝術的東西，並且本能地清楚地了解自己的準則和責任。

剛開始時，我覺得地位高的職業軍人有點令人生畏。他們高高在上，一種王權的感覺，好像他們沒有意識到別人存在似的。他們與書生氣和優越感相去甚遠，就像《聖經．新約》福音書裡的百夫長，習慣了被服從：「做這件事——有人就做了。」

有一位參謀上尉深深感染了我。他是一家知名商企的一員，而且非常富有。他整個一天都忙於辦公室的事務，填寫數不清的表格，而且經常被打斷。吃飯時會有一兩次被叫到屋外解決問題。但我從來沒有看到他忙亂、毛躁，或不滿。他從來不說他無法處理一件事情——他總能保證當場解決。他常常感到疲乏和不適，但這並沒有使他的平心靜氣和孩子般的笑臉有任何改變。我想，我從未見過比他更能完美自制的人。我看到一位年歲大的大校有一次由於某個細節問題對他發了脾氣，話說得很尖刻。「是的，長官，」他說，「這不應發生，以後不會再發生。」甚至這位大校也心軟了，當這位上尉出去時，他說：「我敢說戈萊特利是世界上最好的夥伴！」我完全同意。

我和少校的妻子有幾次較長時間的交談。她非常喜愛她的家庭和孩子，但她和少校都認為他們不應把孩子帶來，而是把他們留在家裡讓一位阿姨照料。「這裡對於孩子畢竟不是一個好的環境，」她對我說，「軍官們喜歡他們，並很疼愛——這樣他們受到嬌寵，就容易出毛病，不論他們是多麼好。」但是我所喜歡她的部分，是她接受這種現實並真正快活的方式。「這當然是很不利的一個方面，」她說，「但是，這是哈樂德的工作，所以也是我的工作，我必須承認我喜歡它。我只是生活在當下的每一天。」她笑了笑，「我相信，那就是我們應該有的生活方式，我相信想多了會使事情變得更糟。這種生活把你放到了你的位置，它使你感到有用，並除去了令人不悅的認為自己如何重要的感覺。家裡面沒有你時一切都進展良好，這是健康有益的事情。並且我確信，感覺不到太多的責任是一件好事。」她笑了笑繼續說，「我的不良習慣是把事情攬在手中，並試圖塑造別人。我的藉口是我想讓每個人做正確的事——但畢竟，那只是我自己認為正確的事！」

她講了關於士兵的許多事情給我聽——她的工作是進一些房間裡幫忙，士兵們在那領取咖啡、菸草、並可以寫信。「令人驚訝的是，」她說，「他們非常信賴你！如果我把他們跟我講的奇事怪事寫下四分之一，就會成為一本值得一讀的書。現在，我再也不會對任何事情感到驚訝了。我想以後不會再讀小說了。真的，我想不出來關於生活的傳統想法是從哪裡來的。傳統想法不是真實的東西。像坦尼森一樣，我感覺想說，『全能的上帝是多麼有想像力啊！』」

我回來時，對於戰爭，我的感覺顯然是不同了。我已接觸到了它的實情。在那托爾，沒有人為它建立理論，或者猜度為什麼它會發生，或者將來的結果會怎麼樣。它恰好使人們脫離形而上學的理論，進入一個極其生動和精緻的世界。我所經歷過的這些人直接面對可怕的現實。他們知道，他們可能無從回到原來的生活了，或者他們回來時會喪失能力。但他們並不預料任何事情。他們身上看不出一絲恐懼。他們毫無拘束地談論著或傷或亡的朋友。有他們的陪伴，所有的病患都結束了。對戰爭已是全無恐懼。人們面對一個巨大而普遍的危險時，沒有騷動和盛怒，而是耐心而平靜地做出最大努力。面對和防止戰爭是一個非常正常的、積極的事情。

死亡數目

希爾・斯特里特

我覺得我們犯了一個錯誤，我們過多地思慮整個戰爭為人們帶來的損失和悲痛，這個總數嚇壞了我們。我認為，在這樣的報刊時代，這是不可避免的。那些浩瀚的、密密麻麻印刷出來的死亡名單，誰看了不會感到恐怖呢？幾乎每天都會在上面看到一個熟悉的名字。而且，我們天生非常奇怪，正常時期在報紙上看到所有這些死亡數目，再慮及那些未被記錄在案的死亡人數，並不會讓我們的心靈震顫。我們國家有四千五百萬人口，我們每年的死亡率是千分之十四。也就是說，每年有超過六十萬人死亡，每天平均一千七百人。人們會想，這足夠可以稱為一個殺戮！當然，現在的情況要壞很多很多，因為是人們期待的應該自然活著的人正在死亡。但還是有些奇怪，我們因戰爭中增加的死亡總數而陷入如此痛苦，若是在和平時期，我們會相對冷漠地對待死亡數目，而把它當作一種自然的事情。在平常時期，如果某個人因為害怕報紙提示大量的生命死亡而不忍看報紙，我們都會認為他是不正常的感傷主義者。為什麼我們日常的世間悲哀使我們很少受到觸動，而對於增加的人世悲哀則如此深受觸動呢？為什麼我們現在對所有拋下的家庭感到悲傷，而在和平時期，我們對同樣的想法就不感到悲傷呢？在每一個事例中，死亡對於一個小圈子裡的人是一個黑暗的事情。可是非常真誠、誠實地講，如果我自己的兒子是死於戰場，而不是死於某種事故或可以預防的某種疾病，那麼我不禁會這樣感覺：這種死亡不會是一個太過於不適的悲傷。想到他的勇敢和自我犧牲精神，我相信，這多少會有助於我忍受，而如果他的生命是由於某種厄運或災難突然停止了，我就難以忍受。

我既不反對，也不贊成悲傷。我只是說，我們在和平時期很容易排除死亡之痛，而現在，我們覺得想到死亡是如此痛苦，這有些奇怪。這顯示，我們的注意力忽然受到強烈的刺激時，我們顯得多麼無能為力，我們的悲傷是多麼符合習俗慣例。和平時期，一天有如此多的家庭受到死亡陰影的侵襲，我們幾乎不施予片刻的思慮。如果有個人去看劇，對劇中死去了一百多名同胞感到無動於衷，我們無論如何也不會把他稱為無情無義。在我看來，我們應當或多或少把這種情況連繫到我們自己。我自己對於死亡名單的恐怖之感是由於他們在某種意義上說屬於不必要的死亡，並且是被單獨某一國家的可恨欲火強加給我們的。使我們感到哀痛的不是我們所受到的損失的數量，而是它的品質。可是真相卻是，即使是在安靜和平的時代，我們所經歷的一年中的每一分鐘，單就我們的國家，就有超過一個人走到死亡的大門，穿越而去。而且，不論我們在做什麼——睡覺、說話、工作——一條長不見尾的佇列正在走過去。但儘管如此，我們還是要生活，即使我們自己在人群中的位置已經確定了。我可以設想一個人一直停留在這個想法上，直到他發瘋。然而，那樣做是不明智的，也不應該讓它破壞我們生活中的快樂以及我們對生活的熱情。在過於敏感和麻木不仁之間選擇正確的道路顯得多麼不容易啊。幾乎所有那些沒完沒了的死亡都意味著是悲傷和沮喪的一個小中心點，然而我們無法對每一個死亡都給予同情，因為，那只會完全毀壞我們生活的力量。我認為，這顯示我們的悲痛必須是個人的事情，我們不能對統計數字傾瀉我們的同情。的確，我們總是努力理解人類事務的總體梗概，比如報紙所給我們的，這種習慣很可能會削弱和驅散我們作為個人同情的積極力量，並會以模糊的情感方式，荒廢了我們為幫助那些我們所認識的人和我們所愛的人所做的努力。

宗教

希爾·斯特里特

整個戰爭中，我對宗教老師和領袖們所採取的路線感到失望。我並不是說他們沒有做到最好，而是在我看來，做的不夠深。最差的宗教機構往往會如此熱情地投身於社會活動，而缺乏深度智慧和無私願望是教會為了獲取普通人的尊重和贊同而努力工作付出的代價。如果教會致力於現實文明工作，並強烈地感覺到它對於普通而平凡的人們的責任，它必須放下超然的、不感興趣的和坦白地講是理想化的願望，我認為也許這是不可避免的。在《聖經．新約》福音書和聖．保羅書信中，現實組織的痕跡非常罕見。新約全書中沒有俯就人類弱點或是放任其做法。裡面有的，是使高級和崇高的概念變得簡單易懂的嘗試。

《聖經．新約》福音書中對世俗事務莊嚴而冷淡，它沒有告訴你如何表現，而是如何感受與希望。人道、愛、自我犧牲、慷慨、和睦、善意、耐心和同情心這些高尚的情感被喚起，並讓它們充溢到生活中。但是，當宗教成為一個現實組織的東西：籌款、舉辦救濟、建築教堂、唱讚美詩、成立俱樂部、招募工作人員、致力於高雅得體的舉動，這時，實施一個無畏的自主的思想路線就非常難。教義、禮拜和道德應該是調和的而且是和緩的，應該旨在包含，而不是分離；旨在使人們的行為像有秩序的市民；旨在把宗教納入平常的思想習慣中。我的意思並不是已經有了對低水準的道德標準做出的讓步，情況正好相反。並且，低估宗教牧師和宗教機構的勤勉努力完全是不公的和吝嗇的。但是，可能要疑問的是，擔負這樣精細的機構所涉及到的財政和行政事務，是否沒有占據牧師精力中太大一份的傾向呢？一個教區的教會或一個小教堂，在許多情況下，是一個大型組織的中心，涉及各式各樣的現實工作，往來帳目，以及類似的細節。一個人處於職位越高，所有這類細節就越多。英國教會的一位主教，可以說，是一位必須把牧師職責和諸如身為公職常務祕書這類職責相結合起來的人。他每天被信函、商務、外出和會見填得滿滿的。讓一位與世隔絕，出神冥想的傳道者成為一位主教將是一個不可能的事情。不管在其他方面表現如何，一位主教必須是一位身體健康、心情爽朗的事務達人，能夠順利和巧妙地管理一個浩大的下屬團隊。

當完全依賴自願捐贈的所有機構必須嘗試依靠減少了的資源保持運行時，在戰爭這樣的緊張時刻，一定會顯露存在某些不足。戰爭顯露的不足之處不在於現實層面，而在於精神層面。牧師已經表現出他們是出色的管理者，並且他們表現出的是愛國和公益的精神。但是沒有人會說，他們引領或是鼓舞了國家的潮流。國家需要的本是某種崇高、平靜、穩定、質樸和誠摯的東西。應該讓人們清楚地知道：恐懼、指責、急促、混亂和焦慮不是屬於基督教的美好結果。我誠實地認為，戰爭已經非常清楚地揭示了我們宗教的世俗性。沒有人真的會堅定地認為教會已投身於應對當前趨勢與潮流的活動中。相反，他們竭力置身於繁忙的事務，那就是尋找控訴戰爭的理由。

當然，國家已顯示出自身的俠義和英勇，能夠做出巨大的付出和犧牲。但是教會並沒有嚴格阻止非基督教的性情顯露。他們沒有抵制互相指責和過度暴怒、惱火和輕蔑。他們只是接受這些作為令人遺憾而又不可避免的戰爭陰影。甚至在聖公會，也存在帶有實際效力的言論，一點也沒有包含宗教內容。實際上，牧師們表現出來的是，首先把自己當成了普通市民，然後才是基督教徒。而讓我甚感失望的是，對於精神力量和基督教原則的呼籲一直是如此微弱和無力。我並不是說牧師強調戰爭的意義——用自由抗爭壓迫這種說法不完全正確，戰爭在本質上確有理想和神聖的特徵，但是在我看來，牧師真正的職責應該是透過他們權力所及的各種方式指示人們要過基督徒生活，以此適應和度過當前的新局面，尤其是要面對因國家的菁英青年從和平勞動中調往軍營、兵舍及練兵場所造成的各種道德問題。每個城鎮和村落中青年士兵所做的犧牲都是當前優越合理準則的絕好證明，可這並不是因於牧師講道所做出的回應，而是一個完全自發的國民本能。牧師們或許應該意識到，在那個工作範疇是不需要他們的，他們更需要做的是安撫一個和平的國家發生了軍事化般大規模社會震動所釋放出來的急切衝動。

我不想苛刻地批評牧師，因為他們也不應受到這種批評。他們已投入積極的工作，他們已證明是最為活躍的階層之一，但是我覺得戰爭已經清楚地顯示了牧師在這個國家所扮演的角色——儘管這是一種令人羨慕的公民角色，但是無法讓人相信他們引領了精神境界，或是清楚地說明了除公民職責以外，基督教徒的職責應該是什麼。或許，這在一個基督教國家沒什麼差別，但是我並未感受到牧師對於這樣一個課題，除了擁有普通人的倫理思想外，還有任何清晰的思維。也許是因為基督教已經融化在倫理的職責中，但是在那種情況下，《聖經．新約》福音書中的教義就似乎成為不真實和不切實際了，就缺少實際價值了。在我們的牧師所持有的非常實際的觀點和浪子回頭這類寓言中所說的無限寬容與完美質樸之間，似乎沒有任何相似點；與路邊孤井旁撒馬利亞打水婦人的交談中包含的那種深刻而神祕的吸引力則更缺少相似之處。所有這些宗教觀念似乎被視為無用的、浪漫的、孩子氣的，太好了以至於顯得不真實。「是的，」我們的老師好像在說，「那些是無憂慮人的遐想，對於和平生活與正常時期來說，都是非常好的，但對於現在這樣一個危機，我們必須行動和工作！」也許這是對的，但倘若如此，基督教就已瓦解，一定被降低為閒來無事和不切實際的夢想範疇。倘若當一個危機來臨，它就會被擱置一旁，就像一個處於經濟困境的職業人士會認為有比聽小孩子東拉西扯更重要的事去做。

考驗

希爾・斯特里特

我該好好謝謝妳的這些信，我還沒有表達這種感謝。對我來說，它們很美麗，不只是妳在信中所說的，也包含妳沒有說出的許多。當我讀這些信時，我的嘴唇浮現了那些古老的語句：「我知道你的力量，和你的勞動，乃至你的忍耐。」妳的煩惱很少溢於言表，這對我來說是很精彩的。我差不多是希望妳能給自己更多地放鬆，那會讓我看到妳的傷痛是更可忍受的，因為任何的悲慘一旦可以說出口，就成為可忍受的了。妳跟我講的關於費爾太太同情的那封信讓人感到驚訝。可我明白她的意思，她說想一想還有許多其他人正在承受相似的痛苦，妳就不會感到太難過。這種看法是對的，儘管用詞有些不當。我確信，她的意思是說，感受到有同樣受苦的人，會是一種幫助。如卡莉所言，在和平繁榮時期，如果某個災難降臨在我們身上，我們傾向於感覺我們是被單挑出來的，一定是對我們有某種不良之意。想到上帝沒有公正地對待我們，這會是一種折磨。但只要我們相信上帝對我們的痛苦煩惱負有責任，我們就無法避免這種折磨，至少我相信是這樣的。如果我們把上帝想成是卡利班，看著陸蟹通過，讓二十個過去，用石頭砸第二十一個——

「無愛，無恨，只有這樣——」

那麼我們的確很悲慘。但是，如果我想到，煩惱分配給我只是為了考驗我的力量，我會同樣感到悲慘，因為我止不住會有這種感覺：上帝不知道這是多麼的糟糕，也不知道這帶走了我對希望與益處的所有力量，並把我關閉在我自己的痛苦中。

戰爭的結果是給了我完全不同的看法——如我往常一樣，我回歸到浪子回頭的寓言。浪子的悲慘不是他的父親為他準備的。沒有跡象顯示父親說：「如果我把錢給這個孩子，他將會變得悲傷，這對他將成為一個教訓，接下來，他會求助於我。」不，這樣的想法在這位老者的頭腦中產生是不可想像的。他只是做了男孩想要的，沒有任何訓誡的想法。當可憐的孩子跌跌撞撞地回到家裡，需要住所和食物時，他並沒有說：「你看，這就是你的倔強和愚蠢的結果！」他只是高高興興地無條件接納他，並沒有沒完沒了的責備和尖酸刻薄的輕蔑。他只是說：「孩子，你永遠和我在一起，我所有的，就是你的。」他不挑剔任何人。他只是用完全的溫柔和愛護戰勝邪惡。他甚至不會如此責備自己：「假如我用不同的方式訓練了這兩個男孩，他們就不會像現在這樣，結果是如此糟糕。」他只是顯現了智慧和慷慨的容忍，而且從不說一句用於責備的話。至少，大家原以為他會提示他們所做的不良回報辜負了他的善意。

或許有人會說，這個簡單的故事如此理解過於勉強，但我不這麼認為，因為這個寓言充滿了實實在在的藝術和含義所指。那麼，我相信這就是上帝對我們自己的態度。他完全站在美好、平和、快樂的一邊。他完全相信他的孩子，如果他們進入了邪惡的領地，他非常明白邪惡的勢力是多麼強大，而不會責備他們——因為他知道，唯一有點價值的責備是自我責備。但甚至那一點他也不指望。他只是懷著無限的愛憐接納他們，不論他們做過什麼邪惡之事，也不論他們曾經是如何的鐵石心腸。可以確定，如果我們能感受到那一點，就會喚起我們能給出的全部的愛。如果我們相信我們的所有快樂來自上帝，當我們不快樂時他會感到悲傷，那麼我們就會盡全力愛戴他。

妳是否記得《弗洛斯河上的磨坊》（*The Mill on the Floss*）裡的那一幕，當麥琪把頭髮剪掉了，受到姨娘甚至她母親的一片責備之詞？她跑到父親身邊，把臉埋在父親的肩膀上，發出嗚咽的哭聲。她的父親把她摟在臂彎裡，告訴她不要哭，「有爸爸在妳身邊。」這樣的話能喚起愛和願望，讓親愛的人感到快樂，這是任何精明的建議所不能喚起的。

我相信上帝會在我們這一邊，不論我們遭受怎樣的損害，這些損害不論是出於邪惡、我們自己的任性與倔強，還是任何我們自己招致的災難。但願我們會愛上帝！如果我們認為祂把災難降臨到我們身上，我們就無法愛祂；但是，如果祂和我們處於同樣的情況，正在用溫柔、美好和默默的愛與邪惡進行作戰，那麼我們就能盡心盡力地協助祂。

我相信，從我們對上帝的看法中排除所有關於懲罰或是訓誡的念頭，是正確的。或許，悲傷或災禍給了我們少許訓誡，但那不是因為它們使我們遭遇傷痛和創傷，而是因為上帝給了我們抵禦它們的力量和抗擊它們的快樂。上帝是耐心的，祂等了很長時間，但是祂對我們沒有苛刻和嚴厲。我們要害怕的不是祂，我們唯一要做的是愛戴祂，正如祂值得我們愛，也正如我們有一天必將去愛祂。

祂已經把妳最愛的兩個人納入祂的心懷，遠離了一切邪惡和悲傷。他們住在祂的愛和歡快中，而且等著妳和我，並真實地等候著全人類。

奉獻

希爾·斯特里特

昨晚，我去與佩蒂一家人一起「平靜地」共進了晚餐。順便問一下，指家庭時，應寫作「the Pettys」或者「the Petties」，還是「the Petty's」？在三者中，如果最後一個在語法上錯誤但寫法正確的話，即是屬於典型的英語。我受到臨時邀請，去見藍伯爾德·司各特，他身為利特爾福德的一員已經很久了，而且也參政，但我記不住他具體的職責範圍了。大約有十個人出席了晚宴，都以基督徒的名字彼此稱呼，所以我在辭令上可以說這是一個平靜的場合，而實際上是喧鬧的。但最能引起我興趣的是兩位女性，一長一幼，我猜她們是住在一起的姑姑和姪女的關係，而且與其他每個人也有親緣。她們兩個都是國民服役的熱衷支持者——我只希望她們不會是屬於典型的那種。姑姑描述了她正進行的一個計畫。她們將召集大約一百位年紀較大的婦女，她們年紀較大，為的是喚起崇敬和忠誠——她們將向戰壕「前進」，「粉妝玉砌」，每個人手舉一面繡著鴿子的小旗，她們將命名為「和平使者」。她們將穿梭在反對者行列之間，時而會停下來用簡單傷感的曲調，唱誦聖約翰書信集中的詩篇。她們去時，她們身後的戰鬥會停，她們將走過整個戰壕。但是，她們如何能到達那裡，她們吃什麼，睡在哪，如何徒步走這麼多英里的路程，這一切都得交給命運了。這樣一個宣布讓大家目瞪口呆。就職於外交部的傑克．佩蒂若有所思地說：「我認為如果和平使者們只穿粉妝，不穿玉砌，不行吧。」

那位姪女應聲而起，大家叫她希爾達。她是一位帥氣女孩，長著灰眼睛和漂亮的臉蛋，她那種臉型是妳在一幅古老的義大利畫中看到的那種，充滿著夢想，卻為此而缺少同情之感，一副專顧自己的樣子。她說：「不要小氣嘛，傑克。這是一個非常好的計畫，哪怕是實施不了！」然後她繼續說，「但是，約翰叔叔，我想問您，就不能做點什麼來滿足我們的要求嗎？——我們年輕人希望服役的要求！在這樣一個時刻，我們都可以理所當然地要求擁有我們自己的一份職責。你們男人都有點事情做，把我們排除在外，這難道不自私嗎？」

老司各特戴上眼鏡，看著她。「好，」他非常和藹地說，「妳們能有什麼益處呢？妳們能做什麼呢？這才是關鍵。」「哦，現在還不會什麼，」希爾達說，「但是我可以學呀——我有手、有腳、有頭腦。」「是的，這是肯定的，」司各特說，「但是誰來教妳呢？妳不知道嗎？——如果好幾百萬想學的女性都得被教，那就意味著相當多的正在做有用事情的男人女人，不得不抽出身來教妳們！」「是的，但只有一段時間，」希爾達說，「但想一想隨後而來的力量和幫助！」老司各特有點惱了，他用眼鏡尖聲地敲著自己的碟子，說道：「是啊，像妳說的那樣，一段時間，但是，如果在那段時間德國試圖戰勝協約國，那個時候妳在哪啊？妳不明白戰爭是專家的事情麼？戰爭是能作戰的人，和能不停地為軍隊供應他們所需的一切的人們的事情。需要的是所有這樣的人。」

「但士兵是不是也得訓練？！」希爾達說，「為什麼我們女人就不能訓練呢？」

「是的，但是有意義嗎？」司各特說，「比如需要一定數量的護士，但妳無法在此時讓醫院充滿了學員。政府需要贏得這場戰爭，它需要把所有的時間用於這件事。妳不能希望他們為了訓練幾百萬想出把力的人，而置戰爭於不顧。就好比一個人家中失火——這不是我的例子，是我在報紙上看到的——主人告訴消防員停下來幾分鐘，為的是他的每個孩子可以在火焰上澆一碗水，從而使他們獲得幫忙滅火的滿足感。重要的不是妳想要什麼，而是政府想要什麼。妳是否知道，關鍵在於，有需要的時候，人們能出現，沒有需要的時候，他們不要妨礙。畢竟，誰會說哪些是戰爭工作，哪些不是呢？除了作戰人員外，所有非作戰人員需要有衣穿，有飯吃；孩子們需要得到教育；病人需要得到治療。妳說『國家需要我們大家』，但是國家是個體的集合，而不是個人化的全知的某個人，這管保沒錯。」司各特敏銳地環顧四周，說道，「如果這個國家被打敗，那會是緣於所有要求分派工作的閒置人員；如果德國被打敗，那會是因為它太過依賴於組織了。希爾達，妳和妳的朋友們能做的最糟糕的事情，就是透過吵吵鬧鬧來浪費政府的時間，說妳們也有權利去參戰！」

這種關於服兵役的爭吵，結果就像那本愛爾蘭書中所敘述的，服務員們一直爭論誰到餐桌前服務，結果把菜盤弄壞了，沙丁魚被撕扯成了兩半。如果國家發生了一場經濟危機，所有的女人都要求受到炒股的培訓嗎？我非常理解妳的想法，可以分為慷慨和高尚兩個方面——但那不是贏得戰爭的方式。

「我更在乎的不是贏得戰爭，而是喚起奉獻精神。」

「是的，但是奉獻給什麼？」司各特說。

「奉獻給我們偉大、高貴、正在受苦難的國家，」希爾達說。

就這樣繼續著。這不是一個非常令人愉快的聚餐。女人們離開後，老司各特情緒大發，如作家卡萊爾所說，他希望能更進一步，我現在不需要重複了。他說偷懶的年輕人和慷慨激昂的女人是國家的禍水，他不曉得誰是最大的禍水。我恐怕是同意他的看法。妳對這一切有什麼看法？我自己的觀點是，信念是想像力和常識的混合體。危險的人是被想像力控制的狂熱者，還有無法超越個人精明的物質享樂者；但就如老佩蒂搖著他銀白的腦袋所說，「事實是，我們要學的有很多。」

道德

拉什頓・豪斯

你是否記得我們走過草場，穿過河流，並在落葉松林間穿行的那次漫步？那條小路延伸到布雷頓附近的公路上。五年前，或是更久，雷格讓人把落葉松砍掉了。當時我非常生氣。我告訴他，他破壞的是一個最令人愉快的小路。在春天，落葉松的綠色和泛紅的小叢植被很是怡人，在夏天，當火熱的太陽在山谷中下落，這裡樹脂的氣味，腳下柔軟的地毯，樹梢微風的低語，和長滿地衣的樹幹間縈繞的青霧，使它成為一個令人心馳神往的地方。我發誓再也不去那裡了。但是今天，就如人們經常會違背自己因草率所做的諾言一樣，我違背了那時的誓言，因為這裡已經成為一個比當時可愛得多的地方。它只是一小塊開闊的林地，而樺樹隨處湧現出來，伸展著白色的樹枝，枝條上懸掛著精美的樹葉。地上覆蓋著濃密的野生草莓和荊棘灌木。

我要從道德上做一點發揮，因為我感到自己完全是愚蠢的，因為自己那時說了什麼是美麗，什麼不是，而且不相信自然會用它自己的極為柔和的方式來進行替換。我為落葉松的消失感到難過，但是大自然在它的衣袖裡有足夠的牌，並已做出了甚至更好的作品。錯誤在於，想到因為某種我們已漸漸愛上了的東西蕩然無存，我們就有任何權利或理由來抱怨。

我在人們的家庭裡看見了同樣的事情發生。某個人死去，一個群體分散了；一個群體帶著不滿和悲傷離開了，因為感到不得不另謀出路；但是另一個群體聚集了；而另一個快樂的群體在那築起了快樂的生活。

我們應該與想要永存的想法進行嚴酷的抗爭——它是一種危險和淒涼的情緒，我們將它命名為忠誠，並當成了榮耀的事。我們應該喜愛變化，為變化而感到欣喜；並且，即使我們的快樂看起來無情地消失，我們也必須築起另一個巢，找到新的快樂。如果它無法令人愉悅，它也必須是一種職責。「你已把一首新歌放入我的嘴裡，甚至是一曲感恩獻給上帝」——這是非常好的詩句！這比纏綿於曾經深深地支撐人們的老調會更好；而且也比兩眼含淚地說「我現在無法再唱老調了」更好。不論發生什麼，我們都不應淚水漣漣——它只會妨礙快樂的人在我們身旁唱他們自己的新歌。我真的認真祈禱我永遠不會成為一塊溼地。

你是否記得法布林太太，那位如雕塑一般，具有破壞性的老婦人，她驕傲地失去了所有的人和所有的事，並熱衷於悲慘地出入。有一天，在耶爾斯登，就是如此。她帶著可怕的莊嚴站立著，穿著黑袍並戴著某種頭紗，在火爐前，自己創造著房間裡可怕的平靜。這時珍女士看到了，她舌頭和眼睛一樣敏銳，對我說：「看看法布林太太，她是不是一個完全讓人掃興的人？」

我不想成為那個樣子；我們應該繼續感覺，而不是以失去別人為代價，讓別人感覺我們。吸引魔鬼最微妙的方法，就是樂於虔誠地讓別人感到不適。

女子學校

希爾・斯特里特

我從《希伯特雜誌》裡讀了一個非常富於啟發性的小文，我想，是的，這是伊娃・馬登的手筆。她隸屬於一所德國女子學校，這是一所時尚的學校。十年前，她是那裡講人際交往的某種非正式教員。

由於受到官方的刻意培植，學校裡存在許多仇視英國的跡象，一種非常粗魯，缺乏理智，但又不是完全不可理解的仇視。但女孩說的話才真的是最有趣的事情。在她們中間，似乎有一種反叛精神，反叛家長的控制，以及所有老方式和老觀念。她們說，她們想要現代。這展示了反叛之中包含反叛的一個奇特畫面——德國反叛歐洲控制，而這些女孩反叛德國學校。這看起來似乎不是一個非常有效的抗爭，這種現代性！有這種聲稱的女孩們，最終還是差不多做了她們的家長告訴她們做的，嫁給了已為她們選好了的丈夫，並按傳統路線安頓下來。

但是，她們中有幾位似乎有一種感覺：用一種很實際的方式把自己獻給天才的需求是對的。如果一個天才男人結婚了，並且如果他沒有在他妻子的生活中找到他必需的全部刺激因素，那麼一個女孩把自己給他是對的，當然是如果他需要的話。這樣可以促進他的天賦。

其中有一位女孩說：「力量——克拉夫特，我們輝煌的德國人這麼說，還有成就，這些是生命中偉大的事情。它們不應是個人的，而應結合起來，朝向一個目標。」我這點可憐的小力量能做什麼呢？但是，如果我把它交付給一位天才的目標，妳看是不是我也取得了成就呢？把自己交給一位天才是多麼美好的事情啊！彌補他妻子的不足，即使他很愛他的妻子。倘若是透過與他同處能夠激勵他就可以。

在我看來，這似乎是一個非常不凡的陳述。第一個思想，說力量和成就應引導到一個目標，但不是個人目標，無可否認這是非常好的。它非常好，但是有點理想主義。問題在於女孩們如何能夠得到它。能把它教授給她們嗎？能教嗎？我們能把它教授給我們的孩子嗎？它是某種我們覺得說出來幾乎顯得自負的東西，而接下來，我們認為我們所有的情感，包括愛國主義，是理所當然的。

但是接下來是後續的事情！在我看來，那是浪漫主義發瘋了。天才們是像德國的黑莓那樣常見嗎？或者，任何一個有力量和能力的年輕人都是天才嗎？那是否只是他們自我崇拜的巨大力量中的一個例子呢？妻子的默許似乎是想當然的，好像一切都是落到家禽飼養場的倫理！

在我看來，似乎可以證明，德國人現在完全處於浪漫、高貴和自我犧牲的幻覺狀態。一切歸納起來，就是奉獻自己時，不問自己給自己什麼。在另一個奇怪的故事中也出現了這樣的事情：一排年輕的德國士兵，唱著〈萊茵衛士〉，手挽著手向一個堅固的陣地進發。他們被摧毀倒地；另一排又另一排繼續上來直到某種毀滅。但是這種快樂的榮譽感透過它熱情的願望動人心魂。當苦行者們在烏姆杜爾曼戰役中同樣這麼做時，人們只是對他們的狂熱感有一點同情。畢竟，一個人的職責是在他可以的情況下為他的國家活著。沒有什麼比無意義的死去更能傷害他的國家。死亡是一個風險，而不是一個目標。

但是所有這一切，對我來說，是一個相當可怕的事情，因為想像力發瘋了，這可以說是某種失去常態的表現，也不能說這完全不是個人的——我覺得它是嚮往某種特別榮譽的個人願望。但是我又發現，我很難對此做出定論，因為它包含著相當無法否認的高尚元素，而能夠讓人對於死亡這件事完全無視和鄙視的任何激情都會有某種偉大的東西在裡面。

就女孩和學生這兩種情形來說，我最終還是感覺這是一件不文明的事情——我並不是指人們應該謹慎、精明和事先謀劃，而是指應該納入理性元素。生命是寶貴的，一個國家需要她最好的孩子的生命。如果他們要丟掉生命，那必須伴隨某種看得見的目標，並進行了不妥協的面對和真正的權衡。為了你的國家捨棄生命是一件壯麗的事情，但是你無法透過從懸崖上跳入海裡來證明對國家的愛，甚至也無法透過為了提供一位天才的結髮夫妻所不能提供的某種激勵而委身於他來證明。

犧牲

希爾・斯特里特

貫穿整個戰爭，有一件事讓我對我的國家充滿了驕傲，那就是人們對徵兵號召的響應。我們肯定不想用一種國家強制體系來取代這種做法？就我所見過的需要強制體系的人們，是那些在任何強制體系下都不會應徵入伍的人，但他們強烈地感覺有被保衛的權利！應徵入伍的壯觀場面揭示了這個國家古老的冒險精神，表現出從前的歷史特點，這種精神顯然沒有因為經濟繁榮而泯滅。

更好的是，一切都簡潔明快地完成了，我看到了許多這樣的場景。自然，應該讚揚這種自我犧牲精神，而且他們也做出了偉大的犧牲。但是，據我所見到的，這種犧牲完全沒有以一種莊嚴或自覺的精神進行。我想，要是在這些年輕人的腦子裡有「我做出了多麼大的犧牲啊！」這種想法，我就不會如此讚賞。不，據我所見到的，踴躍參軍的第一種人是純屬渴望參與一個又大又好的事情，興致勃勃地想冒險；接下來，許多人是出於同袍之愛和模仿，因為他們想做他們的朋友們所做的。這一切歡快而爽朗地進行著，都帶著應有的認真態度，但還是為了展現勇氣和活力。他們中的一些人剛開始覺得軍訓和演練單調乏味，但接著又有了一位同袍之愛，在青年軍官和士兵中形成的這種友誼帶來了新的生動和興趣。然後是在嚴格的訓練中過一個完全有益的生活，從中得到了健康。所有這些帶來了許許多多屬於最好的那種快樂。前幾天，我讀了一封死於戰壕的青年軍官的信。這封就在他犧牲前幾日寫的信中說：「不論發生什麼，你一定要記住，自從我參軍的幾個月是我生命中最快樂的幾個月，非比尋常——我每一天都過得快活！」

我喜歡思考這樣的一面。在我了解的一些事例中，有更多思想有所不同的年輕人，他們參軍是出於一個真正的責任感，並以堅強的意志履行責任，儘管他們也坦白地說，這是一種在平常情形下不願選擇的生活。這也很好，非常好！但即便如此，我更傾向於認為大多數年輕人參軍是出於單純的活力。在任何情況下，如果提到自我犧牲，便難以解釋種種選擇。畢竟，是自我的選擇，而犧牲是這部分自我對那部分自我做出的——鍾愛冒險和英勇的自我帶走了鍾愛悠閒、安穩乃至更為安靜的快樂形式的自我。我知道因健康原因被強烈拒絕的一些人，這種拒絕對於他們，從性質上講，是屬於深切而悲慘的失望，他們一天接一天，因為失去了最想要的機會而感到苦澀。

想到這一切，我感到非常欣慰——我的國家真誠地愛好和平，如果可能，就在友好競爭的條件下與鄰為伴，與此同時，如果自由受到威脅，如果面對暴虐專橫的侵略，也能勇於抵禦欺凌，為我們珍視的東西投入戰鬥。在我眼裡，這是勇士的精神，是真正的騎士風采，與尖刻殘酷的貴族地主有天壤之別。是的，意識到這一切，成了我一直以來的喜悅。我們的年輕人是多麼慷慨和勇敢，在訓練時是多麼堅忍不拔，需要放下平日的事務時是多麼果斷，多麼輕鬆和愉悅！當需要時，獨立性與一種歸屬的真正權力相結合，在我看來，這是世界上最有希望的精神。

徵兵

希爾・斯特里特

在阿姆沃思，我們就徵兵問題進行了熱烈討論。這很有意義，因為這次討論是由真正關心和感受整個話題的人們舉辦的，他們已經思考過，並真正準備聽取不同的觀點。討論中，沒有發怒，沒有嘲諷，沒有對人動機的懷疑。洛德・芬伯勒，當然，他相信徵兵不但現在需要，而且本身也是有益的。他認為徵兵不會傷害軍訓和演練的任何人，而且對許多人都大有好處。他相信徵兵的正義性，而且更相信有許多人願意參戰，只要是讓他們這麼做，不過他們無法面對由自己做出決定。卡爾頓則不然，他認為有我們的海軍和我們海島的位置，徵兵是不必要的。他主張我們的防禦必須最終是一個海軍防禦，如果有任何程度的不安全，我們加強海軍會更好。他相信，與其浪費我們的資源成為二流的軍事力量，不如成為一個至尊的海上強國。

另一方面，杜蘭特認為徵兵純粹是邪惡。他相信徵兵有可能使我們變得好戰。他相信如果我們養護一支大型軍隊，我們就創造了一個有效率的現役人群，他們的希望與快樂將以戰爭作為前景。他直白地說：那會使我們出現道德墮落，就如它已使德國墮落一樣。他也覺得徵兵會浪費我們的經濟資源，而那種財富終究比武器更有威力。

傑克．吉爾斯頓，又在倫理上進行了闡述。他擔憂會形成某種模式，雖然可能使我們變得有效和強壯，但仍然是一個低級模式。他說所有為世界做了很多貢獻的人，不論年齡，都是先行於或相逆於傳統觀念和時代趨勢。他認為徵兵易於降低自主和創新，並固化既定的他有所顧慮的那種思維模式。他相信國家可能會演變成追隨一位如拿破崙一樣偉大而有野心的領袖，直到毀滅。並且他說，德國愛國主義的膨脹就是對這類情感墮落的證明，因為它帶來了所有思想藝術的貧瘠。事實上，他擔心任何主導性的情緒可能被普通頭腦採納和操作——「我不相信任何的民主激情。」他坦白地說。

然後是特拉弗斯這位最務實的政治家，他直言不諱地說有如此之多的產業階層並不相信強制徵兵，無法把這些人強行納入其中。他認為工人階級總的看法是戰爭最終對他們沒有絲毫益處——意味著他們得參戰、付帳，而且會失去時間和錢財。他不認為徵兵是一個非常高尚的想法，但含有普通的感性力量。

所以妳看，有許多不同的看法，我很樂意聽到這些溫和的陳述。當然，我們沒有得出結論，我也不認為任何人改變了看法。我自己得出的結論是，徵兵不是一個可取的套路，即使它成為一個臨時性的需要。我不認為徵兵這件事是可取的，因為它可能導致尚武精神，同時也肯定會損害我們的經濟活動。與洛德·羅伯茲的建議相一致，我覺得我傾向於贊同傑維斯宣導的對學校男生和青年進行的一種較輕的軍訓。這既有了訓練又有了兄弟情誼，並使我們擁有一種人員儲備，在需要時可以又快速又輕鬆地訓練成軍人。在我看來，真正的危險在於讓人們把戰爭作為一種想當然的東西來熟悉，使他們對戰爭產生興趣。我自己私下的觀點是，假如需要證明的話，我們已獲得的新兵數量，我們創造的優秀軍隊，已證明了一個事實：我們的長期和平一點也沒有減弱我們在需要時的尚武熱情。如阿姆沃思用他乾巴巴的口氣說：「我們非常安全——我們在教育上沒有太多的問題。我們的理性告訴我們不要戰鬥，而我們的直覺告訴我們什麼時候戰鬥；現在德國人的問題是，他們的理性告訴他們戰鬥，而他們的直覺沒有告訴他們什麼時候不要戰鬥。」

變化

希爾・斯特里特

在這樣一個時期最為感人與鼓舞人的一件事，是我們熟悉的這麼多樸實的人顯示出可謂是好人，他們毫無疑問展現出力量和溫柔的源泉，以及樸實無華的美德。今天，我看到兩個朋友，他們的行為讓我充滿了欽佩和尊敬。一位是佛瑞德・霍爾德尼斯，他是城裡的一位老師，有一個妻子和三個孩子。他是一個纖弱的男人，但是他試圖參軍，由於健康原因被拒絕了。他的工作已完全破碎了。沒了學生，必須依賴微薄的錢袋生活。他做了各種戰爭方面的工作，他說現在已喜歡上了這樣的變化。他說做的是些陳腐的工作，總是幫助人們備考，這些考試除了測試獲取無用資訊的能力外，並不能測試任何品格，他也曾經覺得這真是有用的。他對自己的麻煩和焦慮隻字不提，只是補充了一句說，他比往常能更多地看到他的妻子和孩子。倘若再撿起他的老生計，他的前景會如何呢，我不敢想像！他沒有拿出一種明顯的努力來勇敢地面對它。他只是勇敢和歡快，並不向前看。我看到的另一位是拉爾夫．梅恩，一位半吊子。他看上去充滿了自大和熱情。我發現他從早到晚在某某機構之類的地方辛苦地工作著。他是一個將近五十的人，我本可以說他過的是懶散舒適的某種生活。但是現在，他正發現生活非常有趣，儘管他說不出為什麼。「你看到許多不同類別的人，你知道，」他說，「確實，這使你振作起來！」這雖不是一個非常巧妙的分析，但我看到他已抓住一點確定的生活，並徹底地享受它。「悲傷而可怕，一切都是，」他繼續說，「但這是需要提供幫助的。」這只是正在發生的大事中兩個隨便的例子，但我到處能感受到它的觸動。就像潮水進來時，靜止的岩石潭掀起了水花。但最美好的是，它使我感受到，人性是多麼完好和健全！雖然我覺得和平是我們真正的事情，我們必須學會在沒有這種刺激的情況下享受工作和生活，但是如果說戰爭做了點什麼的話，那就是向許多男女揭示了現實和職業確實可以帶給他們快樂，這是再多懶散的自我愉悅也無法帶來的。

我自己的問題倒是另一個。我一直在努力工作，如果說有什麼可說的，我有時是感覺我完全喪失了度假的能力。戰爭摧毀了我有著濃厚興趣的工作，而在我這個年齡，轉移興趣是很困難的。我不可以認為自己足夠勤勉，因為這是從我的商人祖先那裡繼承的一種本能罷了。我過去看到我父親因為度假變得可憐和焦躁，然後重新工作時可見到和聽到他的輕鬆感。那時我常想，對工作感興趣是多麼沉悶和可怕啊！可是同樣的命運已降臨在我身上。但是，依託我的行業，現在我有了一個機會可以獲得與戰爭相關的工作，我不能說得太多。開始這項工作時我將滿懷感激。不被需要，尤其在所有朋友都展示了參與工作的活力和無私時，能獻出的太少，是令人蒙羞的。但我相信，在我的面前有一份工作，一旦定下來我就告訴妳。同時，我為我樸實而勇敢的同鄉們感到由衷自豪，他們在過了一種舒適的生活之後，能拿起鋤犁，並說這好極了。

白遼士

希爾・斯特里特

我在讀音樂家白遼士的生平，包括他斷斷續續寫的自傳和一些書信。這是一個可怕的履歷，因為它展現了這樣的一個人，他幾乎是至高能力的受害者。他不顧來自家庭的堅決反對，不顧身體不佳、條件不足、經濟困難和反覆失敗，成為了一名音樂家。我猜，他一定有快樂的時刻、獲得靈感的狂喜、看到自己工作成形的喜悅。但是很少有這樣的事情出現，在他履歷中唯一的一點陽光是在裡維艾拉城，當他獨自一人，休閒地度過幾個星期的那段時間。在那裡，他整天漫步，欣賞美景，讓自己陷入寂靜的夢想中。即便如此，也很難知道他的夢想都是些什麼。或許他設計了巨著，用完好而輕快的高難音樂建起了浩大而無形的宮殿——誰能說得出來呢？但是他的生活整體而言，充滿了苦澀、失望、敵意和暴怒。他渴求名譽、認可和掌聲。他滿是輕蔑、激昂和懷疑，可似乎從來沒有看到：是他自己的易怒和刻薄，毀壞了他一半的事業。他憎恨任何反對他或妨礙他的人，他把一切歸因於個人怨恨和惡意。並且，他對掌聲、褒獎、慶功宴和高調讚揚的熱愛顯示出了某種粗魯甚至是粗俗。

我想管弦樂和歌劇就有這種重大缺陷，如白遼士寫道，演奏是一件如此豪華的事，尤其是當作曲的規模如此巨大，以至於獲得一個恰當的演奏根本就非常難，很難看到你的夢想圓滿實現。畫畫、雕刻、出書的代價很小，一點點成功就能讓你得到欲望的滿足。但是交響曲和歌劇意味著一個這樣的人群集合，要管理和控制好其中每一個人，以至於它幾乎是一個策略要務。樂師必須獲得如此之多的人服從、一致、虔誠，這需要無限的耐心、機智和領導能力。對於白遼士來說，獲得這些幾乎是不可能的，他太於易怒、爭辯和蠻橫。接下來，他總是缺錢，更缺少有勢力的朋友。為了生存，他常常要把他的音樂放在一旁，對他痛恨的一些作品寫音樂評論，而舞文弄墨對他來說又是一個難事。此外，健康狀況也很糟，他受到神經痛的折磨多達好幾個月。

他僅有的一點魅力出現在他的信中。他真的有愛與被愛的需要。在他寫給他兒子、少數密友和親戚的信中，可看出這方面的傷感，即便是這裡，在愛的表達上也存在不雅和放任。他有一段不幸的婚姻，開始於對一位女演員的奇異激情，夾雜著某種狂熱和錯亂的東西。後來，儘管也有過其他的戀情，最終還是和她結了婚，接著是相互陪伴，很快幻想破滅，然後是分道揚鑣。

使他拒人千里之外的是他缺少任何平靜與高貴的東西。在我看來，這是混亂與衝動的生活——沒有控制，沒有規則，始終有一種只能稱作平庸的特質。他的得意、爭執、痛苦和受難，都是傷感的、忸怩的、低等的。如火一樣的性格，應該算是好的。但那是一種虛弱的火，不是堅定的大火，而是一系列傲慢而弱小的爆發，就像煙火表演一樣，一暴一碎的。

悲慘之處在於，他天生俊朗。他的臉似乎非常漂亮，臉型清秀，眼大傳神。但是他的嘴唇很薄，充滿惡意。最後的印象是脆弱、自憐、自戀的那種。

整個人生的悲哀在於藝術隔離的悲哀。白遼士沒有平等友好的力量，甚至他的愛情力量是表達需要和索求。他迫切渴望他無法實現的完美生活。他猛烈地收集他能抓住的一切，但他又是一種揮霍無度的人，按照自己的願望揮霍一切。可是他從沒能實現任何的保障或平衡。

一個不肯自我犧牲的生活，只能無力地遮擋苦難和遭遇，因為這是必須的，並且總是縈繞著嫉妒和沮喪。天才並非都是這樣的。如果像富於個性的華特．司各特或詹森博士那樣，有一種均衡的性格，那麼天才就是可以忍受的。但是，往往是過多地加入到狹隘和不適當的個性中，因而又擴大了痛苦，從而成為難以忍受的負擔。人類需要花這麼大的價錢才可以換取個性中最好的部分，以及最美的藝術禮物，這似乎是一件鬱悶的事情。在今天這樣一個時代，當人類的最好希望是依賴一個樸素與英勇的合作力量時，像白遼士這樣的人物，已被拋棄在陰影之下，因為他表現的是一個無法使自己與人類相融合的人，只能活著，然後死去，假使是一位天才，也只能在痛苦和狂熱的孤獨中承受幾乎是人類最壞的命運。

瑞吉兒

班特洛·格蘭奇

這裡需要我說嗎？——它和以往一模一樣：美麗，芬芳，安靜。我從未見過這麼小的地方竟是如此莊嚴，瑞吉兒走來走去，她有著同樣的機靈和女王一樣的和顏悅色。四十歲以後，她一直如此，在某種意義上講，這是一種美好的生活。她帶給周圍的人快樂，算是一位非常仁慈的君主。她知道，都服從於她對大家都有益處。但是，無論如何，這場戰爭改變了所有事物的節奏和價值——不是令人愉快的，而是有益健康的。至少我的希望是如此——它使我勉強贊同，實際上是不舒服的問題。今天，我感覺這裡一層不變的生活是有缺陷的。雙目炯炯的瑞吉兒，用她精美而圓潤的嗓音所闡明的半是莊重，半是激昂的信念，目前看起來不會把我們引向某一個具體的地方。如我所想，她認為這場戰爭是偉大而神聖的，完全是壯麗的事情。所有協約國的人都精彩絕倫、自我犧牲、無可挑剔、有騎士風度。雖然幾個星期以前，義大利人屬於猶豫不決、顧慮自己的那類人，現在他們也加入了殉道者高尚的隊伍。德國人和奧地利人全都是庸俗、邪惡、殘忍的。他們的英勇和自律只是證明了邪惡信念的力量。沒有必要和她爭論，因為她是知道的。我說如果她真那麼想，她應該支持一項滅絕政策，把德國所有的婦女和兒童全都處死。「他們那些可憐的人，做了什麼？」她提高了音調說，「當然，他們被誤導了，但是他們是忠誠的，這是他們唯一的過錯。那可不是我們要號召我們的士兵做的！但是，當然，妳不是這個意思——那只是妳的一個反話。」我說了一些關於他們培養孩子時，讓孩子與父輩擁有同一信念的東西。「當然，這很可悲，」她用自己豐富的嗓音說，「但是當他們被戰勝，他們將看到他們原來是盲目聽從的，他們將會後悔！」我沒再說什麼。這就是人們所說的女人的見解，一種即時的理想化的力量。在我眼裡，它的不足，簡單地說，就是與事實不符。它實際上是德國人自己的思維方式，一種對他們自己觀點的非理性和浪漫的讚美，一種自己單獨占據了騎士美德的信念。這是一個堅固的看法，但它不是一個正確的看法。幸好，瑞吉兒不允許我們太多談論戰爭。「一個人不可以談論自己有如此深刻感覺的任何事。」她對我說，「可以祈請，但不可以談論。」昨天，我們從教堂回來，她對我說：「今天早上我得到消息：一艘德國潛艇沉沒了，無一倖免。是不是太好了？我想你不會願意在聖餐之前聽到這個消息的。」

我無法贊同這種思維模式。我為她引用了亞伯拉罕．林肯對一位牧師說的話，那位牧師指責他不太在意上帝是否在他一邊。林肯說：「我關心的是，我相信我在上帝的一邊。」她說「是的，那非常好！那正是我現在這樣滿懷希望的原因，因為我知道我們戰鬥，是在上帝的一邊，而祂是在我們這一邊！」

我正努力工作，我正在完成一個偉大的報告，將交給烏特勒姆。這個報告非常複雜，但我了解我的方式。感覺自己有某種用處，這很好。瑞吉兒讓我做我喜歡的任何事，並給出最嚴格的命令，誰也不許打擾我。她在這裡統合了婦女們的工作，她們都受到僱傭——這是在任何情況下都值得做的。她們不允許說長道短，只可以感覺。

信念

班特洛・格蘭奇

我已完成了我的報告並寄出，現在我很累。我很少有這樣連續工作的時候，睡夢裡我都在安排段落，添加注釋。明天我回城裡。今天很熱，我在阿爾什坐了半個下午，用眼睛盡情欣賞草場和花壇，小路盡頭飽經滄桑的石頭門柱，以及更遠的胡桃樹——一片綠色。桌子上有一本宗教詩集。我想休息，不想去找書，就好好讀了這本詩集。這場戰爭以一種奇特的方式影響了我的感受。我覺得在這樣一個時刻，宗教應該讓人勇敢，差不多是愉快。我還知道大多數宗教的根本所在，是一種深切的願望——向上帝證明自己，與上帝保持一致，實現改變，丟棄軟弱、怯懦和罪惡感。這是伸出手，從可見之處，包括所有的失敗、恐懼、卑賤、疏忽、愚昧，到不可見之處，包括祂的所有力量、美好、平靜和純淨。我知道這些，但我現在並不想總是有一種罪惡感。我想輕快，英勇，與上帝同行，而不是在祂考驗之前就倒下。我有一種感覺：祂需要我們的歡快、我們的希望、我們坦然面對最大危險的力量。

「破碎的心和低沉的眼睛，
不敢抬頭朝向您，
但您能看到我的悲鳴，
上帝，請賜予我憐憫！」

在我看來，這不是面對一個普通危險時的正確態度。甚至縈繞於心頭的克里斯蒂娜·羅塞蒂寫的美好的東西：

「我把心拿在手裡，
啊，上帝，啊，上帝，
我破碎的心在我手裡，
您已看到，您來裁定。
我的希望寫在沙子裡，
啊，上帝，啊，上帝，

現在讓您的裁定站起，
是的，現在，您來裁定。」

所說的，你感覺到了嗎？我想是沒有。可你比我更有權力來感覺到。

但我不認為上帝現在想要的是我們的疲憊感、我們的卑賤感、我們裝滿罪惡的脆弱感，祂以往需要過嗎？我不敢說。我不認為邪惡的人感覺過他們的卑賤，只有脆弱的人能感覺到，但他們並不卑賤。當一個人深信不疑，乃至捨生忘死地依靠力量、純潔和完美的愛時，他就不卑賤。當我看到時，我就知道什麼是卑賤，我看到過。我看到有的人，他們的內在靈魂流出的似乎是墮落，他們我行我素，只尋求他們的快感，毫無憐憫、感恩或友愛之情。我不認為像奧古斯丁這樣的大罪人是那樣的。想得到淨化的人不是邪惡的。是那些不管是非，不顧善惡的人，他們是邪惡的。

但無論如何，我不認為上帝現在想要那種依賴，勝過一位將軍想要他的部隊的告白。他想看到我們是活潑的，乃至是快樂的。真正對我有幫助的是艾蜜莉．勃朗特：

「阿，上帝，深藏於我的心胸，
是無時不在的神的全能
內在的生命獲得了寧靜，
因為我的深處，有祢的力量永恆……」
「沒有空間交給死亡之聲，
也無一根毫髮會淪為虛空，
祢生命與呼吸的聖靈，
以及祢的作品永無地裂山崩！」

讀到這首詩，就如信念的號角響起，是對生命和生活的信念。可這是在她患有肺癆，面對死亡時寫的。幾週前，她已見到她哥哥的遺體，一具因耽於聲色、飲酒和鴉片留下的殘軀，躺在黯淡的墓穴中，總之是永遠告別了他恥辱的人世生活。

我想要的信念是：死亡並不礙事，它只是破碎的浪花回落到源泉中，生命會再生並繼續，不會因為邪惡而終止。我想，這也是你的感覺，否則我不會敢寫這些。如果我說了任何傷害到你的話，我會說聲抱歉。你一定是在受苦，但我不想讓你受苦。我希望你有勇氣獲得快樂自在，而不是負有壓力。你是很了解的，如果我能透過代你受苦來幫助你，為了你的快樂，我會願意付出那個代價，但是沒有代替受苦這樣的事情，這是無法分擔的事情。

欽佩

希爾・斯特里特

我很高興又見到妳，也很高興見到我預想到的，那就是：妳沒有被悲傷打敗。我可以看出，妳在一切的背後煥發著活力。我看到過許多朋友剛開始受到苦難的刺激時，幾乎不需要憐憫。當亞伯拉罕拿著刀殺死了自己的兒子時，他是不需要憐憫的。我不懷疑，奉獻的感覺給了他至高的勇氣。他需要受到憐憫是在此之前，當他攜著男孩向上走，聽著他急切地問：「他們是去哪？」「他們去做什麼？」「帶著刀做什麼？」那一定撕碎了他的心。但是，當安放好了石頭，男孩跪下，上帝在上方，當他知道他將勇敢去做的事情時，那一定是一個狂喜的時刻。

當最糟糕的事情發生時，當讚揚和愛語源源而來時，他的心裡說：「我什麼也不保留，甚至我的兒子，我唯一的兒子。」那是，那一定是，一個熱烈歡快的時刻，然後，甚至想念他的愛子，也是一種快樂的感覺，是奉獻的快樂感。當人回到受損的寂靜生活，當可怕的淒涼之感來臨時，這才是生活的車輪開始減緩的時刻。讓我說，親愛的，在妳的平靜和無私面前，我感到一種快樂，並覺得自己卑微。啊！妳是值得人們欽佩的！

我不會忘記我們在花園裡漫步的情景，那天夜晚，當月亮掛在天際，薄霧從溪流旁低矮的草地升起，花園的香氣偷偷地外溢到幽暗中——夏熱已昏然把它關了一整天。我從妳說的某些話裡了解到妳感覺到了這裡的舒適和美麗，而不是充滿了怨恨。雖然我看到妳有點畏縮，但是當我們回到燈光柔和的房間，想到他們或許可以在此等候著妳，卻永遠不能再來，我看到妳沒有抱怨，沒有覺得感傷，沒有把一切描繪一番。我們不可以再那樣做——那是脆弱的最後一點奢侈！

我有無盡的事情要做——無趣的事情、我厭惡的事情、現在必須做的事情，因為我們必須把德國這個無法容忍的國家所製造的一片雜亂清掃乾淨。

令我義憤的是，想到他們的連續進攻、殘酷殺戮、狂妄自大和不以為恥，反以為榮，把醜惡的現實主義說成了崇高的浪漫主義。當我想到所有的時間、智力和美好的情感都付諸東流，我就止不住憤怒。我們需要的是我們所有的力量和勇氣用來抗擊邪惡以及對和平有危害的雜草……但我不會咆哮。我們不可以因為看到令人厭惡的東西而受盡折磨，以至於我們自己用另一種方式讓人厭惡。恐怖不可以讓我們變得可怕。我確實欣賞我們英國的溫良。我們的憤慨必須讓我們堅定和強壯，而不是讓我們像法韋熱伯爵那樣發怒，並說這是不應該允許的。我們不可以吵吵嚷嚷！那是神經質的報紙裡令人厭惡的部分。一個鬼怪剛一拿出來，他們就又拋出一個。他們決心被嚇到，像一個神經衰弱的人，早上醒得早，然後痛苦地預想一天的危險。那不是勇士的方式！

親愛的，謝謝妳所有的善良和美好。正是這些給了我最大的幫助。我有點語無倫次，但妳能聽懂我心裡想的。我不想逃避這些經歷，我不想把這些統統遺忘。我想承受我們需要承受的任何東西，並希望作為一個更好的人出現，而不是因為戰爭，變成一個更脆弱和更沮喪的人。不管怎麼說，更了解妳，並更加愛妳，是一種快樂。

欽佩

喜悅之情

拉什頓·格蘭奇

你是否記得我們在這裡一起散步，經過教堂到了弗雷什菲爾德，然後繼續走，進入一個小山谷——如果可以稱作山谷的話。它實際上是一個微微凹陷的平原，南面沿著地平線是遠方的哈特利·福里斯特山地吧？今天我一個人去了那裡，並更多地想起你。我所站的這個地方是公路經高架橋穿越鐵路之處，這使人有一個很廣的視野。記得瑞吉兒曾告訴過我，數年前一個浩大的羅馬城市城牆和地基就是從這裡挖掘出來的。自那以後，這個地方對於我，就有了某種靈異的氣氛。

日落之時，我站在那裡，西方的天空已刷上了淡金色，有幾處雲彩像折疊起來的外套一樣指向西方。有四、五處鳥群在天上高飛，一行行如黑點一樣的小鳥變換著隊型。溪流蜿蜒而行，延伸到遠處的山地，遊走於墨綠色的防洪堤壩和銀綠色的柳林之間，直到消失在林木之中。仍可見有幾處支流在深鬱的田野裡閃著金光。長長的山脈，身披一些深色的林地作為裝點，關閉了地平線。可見到一兩處小村莊，周圍是榆樹，以及一塊塊休閒地、殘株和耕地，盡收眼底。我顯得完全是單獨的，看不見任何一處有人影。

我有幾個感觸深切的時刻。這裡的土地，經過如此耐心的耕種，展示出來供人們使用，和平也是漫漫地到來，並痛苦地成熟起來。在我眼裡似乎有某種東西，比戰爭的任何進攻和痛苦更持久，更久遠。戰爭本身已變得模糊和遙遠，它是在生活的靜海中掀起的狂暴波濤。這樣一刻與我相關崇拜的見解最為接近，我相信，我感覺到的基本上就如一個虔誠的羅馬天主教徒跪在供奉聖像的神殿前會感覺到的——因為這裡對於我，已變成了一個美麗的生活象徵，使我們朝向一個偉大而輝煌的目標前進。這樣一種情感並非不適用於我們的生活，它完全不是一個溫和與惋惜的情緒，相反，它加速和喚醒了人們對生活的巨大而光榮的意義感知，它使精神得以平靜和恢復，並促其走在正確的路上，追求更豐富、更完整和更真實的體驗。它讓人們非常好地感受到連貫和友好，從而與所有時間和生命、無盡的世界以及深切的願望建立起連繫。這場戰爭的危險，是它用所有的煩惱和悲傷把我們捆綁在目前這一時刻——它把精神與殘酷的經歷拴在一起。但是今天，我感覺到與過去和未來有某種連繫，我不是一個隨風飄搖的微塵，或像水霧一般散落在空中，我的生活是一條閃光的線，遠遠伸展到原來的世界，並繼續向前，進入新的——不只是我自己的生活，也進入所有人的生活。

我無法用語言表達我所有的喜悅之情，但這真的是喜悅，儘管現在也有種種令人難過的事情在發生。我希望我能把我的感覺傳遞給你，因為這與我們的生命相關，是一種對永恆的深信不疑，它完全沒有破壞眼前的活鮮鮮的現實，也沒有讓我對壓力和負擔感到不滿。相反，它使我深切地相信會有越來越好的事情發生，並決心全力做好我要做的一切事情，就如我現在扮演的積極角色一樣。我不懼怕這樣的情感，因為這種情感沒有任何怯懦與放任，它使人與世界結合的更加緊密，而不是讓人脫離出去。

經濟

希爾・斯特里特

我希望我能更確切地了解戰爭經濟的正確原理。在我看來，現在人們普遍推崇的經濟形態，好像不是依賴於實施者，而是依賴於許許多多並不實施經濟政策的人們，如此獲得了成功。這是所有經濟學中最糟糕的事情，它把勞動者作為一種標號，可以隨意從一個數目中取走，加入到另一個數目中。這在代數中是非常好的。但是幾天前，梅里菲爾德教區的牧師對我說：「當然，如果沒有園藝工，我也是可以的，但是我的園藝工是一位上了年紀的人，如果我解僱他，就意味著他會失業，他就不得不由監護人來養活。我解僱他實際上不會使他獲得一份軍需工作，只會意味著由社會來解決他的養老問題。他無法養活自己，而且還有一個柔弱的妻子和一個殘疾的女兒，沒有別人會僱傭他。」這樣的例子一定很多。再看戒酒運動，是出於非常愛國的想法發起的，但如果每個人都放棄一切酒類，就會使整個一個行業受到嚴重衝擊，會影響到成千上萬的人。我的酒商可能會作為這個行業的從業者而破產，但也不會使他成為一名軍人。

我自己的情況相對簡單。我太窮了，必須節儉度日。我必須放棄我的本來就非常寒酸的待客事務和所有旅行，只能就近走一走了。我唯一的奢侈就是買書，現在書我也買不起了，原因很簡單：作家的狀況的確很窘迫，但我又不想在這上面節儉。小說作家格林菲爾德頭幾天就他所處的狀況告訴我一個很慘的事：一般說來，他還能非常節儉地過上安靜舒適的生活，但現在只能靠以前的儲蓄度日。他感傷地說沒有人要他的作品。

當然，一定是有困難的。國家不可能每天輕鬆拿出五百萬。但是，在這樣一個多樣化的社會，有很多老老實實賺錢生活的人，他們提供的優秀成果現在無人問津。他們不能沒有飯吃，但在許多情況下，他們也不能參與戰爭工作。

我這麼說，雖然不是為正在像往常一樣生活的人進行辯護，但我不認為驟然變得經濟緊縮的人把他的僕人解僱一半，從此義斷情絕，是真正講公德的行事方式。我更贊成親愛的珍夫人所做的家族實驗：她把男管家和女管家叫到身邊，告訴他們她必須緊縮開支了，讓他們看到數字。她闡明了她能支付多少作為工錢，多少作為家庭的花銷，並讓他們一起參與討論。他們進入了事情的本質，然後把一個非常明智的方案拿到她面前。她說他們已經像一個家庭，並很樂於提出財務方面的建議。彼此互助合作，理清生活的脈絡，增強各方的互信，我相信這是正確的做事方法。取代發怒、誤解和煩惱，你可以使許多人有一種夥伴情感，幾乎是享受它所帶來的奉獻精神。這對我來說，是凝聚不同階層的方式，而傲慢的節約和免職只會突顯利益的分崩離析。

我和照料我的老夫婦進行了討論，他們實際上是建議不要薪水，直到戰爭結束。這對妳，是基督教應用中的一點美好感受！我承認它讓我喉嚨沙啞，眼含熱淚。

覺醒

希爾・斯特里特

令我由衷高興的是，就目前的判斷來看，人口中的產業階層似乎已真正明白：戰爭對於他們來講是一件壞事，我不相信在以前的世界史上發生過這類情況。我相信，勞動者整體而言是喜歡戰爭帶給人的興奮感的，並且模糊地認為對生計有好處。現在我相信，他們已意識到，是他們不得不作戰，也是他們不得不付帳。沒有跡象顯示他們想不惜所有一切代價來結束戰爭，他們也意識到這場戰爭是由非常強大、無道德、有效率的一個國家對其他國家採取的侵略圖謀造成的嚴重後果。他們表示識破了它，並要教訓教訓暴君。但在那以後，我相信他們將把事物更多地掌握在他們自己手裡，選舉出這樣的人作為他們的代表：即，不相信戰爭，或者相信戰爭是阻止一切進步和文明的趨勢。

我說不出結果將是什麼，很可能對資本家不利，是利益的一種重新分配。我不認為那對我這樣的部分依賴資本，部分依賴業務的人，會是一個舒適的時刻。我很明白合股公司是規避個人責任的一種方法，我也認為它是在我們文明中非常脆弱的一點。我不知道將來會怎樣，我也不是什麼經濟政治大人物，以致知曉資本繼承真正意味著什麼——在多大程度上它是公平的，我是指我父親的儲蓄會給我某種掌控勞動的能力。我想這很有可能是不公平的，我覺得世界可以評估每個個體自身的價值，完全不應讓他從繼承中獲益。但是人類應該造福子孫的本能是很深的，不容易一朝拔除。

但總之，不論這可能令我多麼不舒服，我都真心真意地樂見產業階級似乎已經割捨了戰爭對他們有好處的謬見。在我看來，那好像真正是終止戰爭的唯一希望。如何才能終止戰爭，我甚至都不敢大略地猜測。國際監管看來是困難太多了。但是，如果人類中的大多數一旦真的確信戰爭是個壞東西、又浪費又破壞、充滿了苦難，那麼就不會允許它的存在。只要人們認為它可能有好處，他們就不會控制他們的狂熱，但如果他們非常明確地認為戰爭是個沒有益處的東西，他們就會認為有必要控制他們的激情。

正是這個可惡的國家對仇視的過度讚頌，造成了這些不幸。他們還要相信憎恨、嫉妒、猜忌、武力，看似有某種浪漫和勇武在裡面。它是野蠻行為和部族榮耀的復燃。德國人對所有其他國家的輕蔑是一個非常瘋狂的東西。從心理學上講，我非常相信他們患有傳播性神經過敏。

但我們已經避開了這一點，儘管我們的報紙甚囂塵上。關於戰爭，很少有什麼東西能像工會所做的明確聲明那樣給了我一種真實而由衷的快樂。這份聲明說：工人不主張戰爭，已意識到它完全違背了他們的利益，同時也非常清楚地看到，這場戰爭必須力求結束，以便一舉粉碎這個邪魔惡鬼似的浪漫主義。

雨中散步

拉什頓・格蘭奇

今天下起了大雨，沒有誰願意冒雨外出。但我無論如何不能放棄非常難得的鄉下散步的機會。而且，如果你任憑自己被雨水淋溼，就會有一種在大雨中行走的新鮮感，這會令人振奮不已。這裡已經有好幾個星期沒下雨了。我所走的大道已經塗漆，成了機動車通行的公路，到處都可以看到蟾蜍從灌木籬牆中爬出來，盡情享受這極其爽快的天氣。一位奇怪的老人坐在路當中，滾動著眼珠，就像一個有靈性的雕像，期待著永恆。我從未見過這樣一種樂不可支的畫面，但我讓它走開時，它表現出明顯的壞脾氣。雖然我猜想對於它來說我一定像維多利亞塔那麼高大，但我不明白為什麼它的寶貴生命要奉獻給一輛過往的汽車。

我在雨中散步的結果是，我清除了在這些天的壓力下人們很容易落入的易怒和焦躁的不良情緒。我認為我們大家現在就應該修練一個溫和的禁欲主義，盡量適度而有序地生活。我們沒有意識到我們面臨的困境有多大——沒完沒了地猜疑正在發生的事情、讀報紙、無休止地呼籲同情，這一切都無法避免恐懼感。昨天，外交官約翰．芬奇老爵士告訴我他規定自己每天讀報紙不超過一刻鐘，並只看官方的公報和報導。他是一位博學的老人，正致力於寫一本書，這是與他個人相關的一點政治史。他說這使他的思想穩定，神智正常。這樣的結果是讓他身心安泰，對周圍的人也會產生影響。

這與同在此處的可憐老韓弗理斯有非常大的不同！他說他認為人們對一切太過輕鬆，每當有機會，他就濃墨重彩地闡述局勢，他稱之為面對事實，但實際上主要是放大一切令人不愉快的事實，並貶低一切希望。最糟糕的是，這給了他不折不扣的快樂感。「現在你對這個怎麼看？」他得意洋洋地瀏覽報紙，說出一條壞消息。「這就是你們所謂的政府嗎？我把它稱作一群少姨媽在閨房裡胡扯！」他真是個可怕的老男人！但是瑞吉兒說，了解最壞的一面，並感覺到我們文明的不確定性，對她是件好事。她正在重建她的生活，這樣更好。

真正的困難是讓自己自然。我覺得戰爭已經造成了人們拿腔作調的行為習慣。

正確地做事、說話和思考會帶來焦慮。當有人說它至少能使我們脫離世俗，從而讓我們接觸事物的真實涵義時，我覺得離題太遠了。這在我看來，倒是創造了一個新的世俗。這件事又嚴重又可怕，已超出了普通人的想像和理解，他們已習慣於一些不屬於他們自己的感受，而是屬於他們認為應該怎樣感受的詞語表達。你知道人們對一個受到喪親之痛的人，所用的表達方式是什麼嗎？——「他簡直太好了！」這句話的基本意思是一個人在受到打擊後做出有些暈厥之狀，整個肢體表現出禮節來。通常，這是一種禮節的勝利，而不是信念和希望的勝利。事實上，這是一種偽裝。一般的真實情況是：遭受巨大悲痛與損失的人們，雖然會痛苦得很劇烈，但也會點綴一些繼續活下去的勇氣。他們內在的生命堅定地繼續著自己的使命，那就是繼續活下去——哪怕會發生任何可怕的乃至受傷的事情，他們也會繼續追求幸福。但是，人們既會恥於表現出痛苦，也會恥於表現出痛苦後的輕鬆——所以他們「太好了！」我認為，對我們所愛的和所信賴的人們，我們應該能夠坦率地說出我們的悲傷。同樣，當我們自己的生活能重新振作時，我們不應害怕別人認為我們薄於情義，一個健康的生活應該如此，也必須如此。

誠實而言，我不覺得這場戰爭使我所熟悉的大部分人變得自然了，或者說，剝去了他們的偽裝。戰爭使他們中的許多人套上了一層約定俗成的偽裝。就拿我來說，有時我是劇烈地感受到戰爭帶來的痛苦的，有時這種痛苦也會從腦子裡消失，就如一朵雲退去了。

我們自己乃至人類，真正更為重要的是，我們應該堅毅地生活下去，對生活，對現在和未來的問題有興趣，而不是對這一切培植某一種過敏的情緒。對生活有熱情，我們才會有未來，而不是心灰意冷。我們不可以忘記戰爭，但我們也不可以竭力記住它。我們不可以對我們繼續生活的勇氣感到恥辱，並說：「我不應該感到有希望和有興趣。」我不想被戰爭壓垮，當然，我應該對那些被戰爭壓垮的人們感到同情。我倍加讚賞的是那些沒有被戰爭壓垮的人們。我更喜歡約翰公爵帶著真實的興致和幽默，平靜地講述當年的外交生涯，我不大喜歡韓弗理斯的長篇傷心故事和互相指責。我的意思是說，韓弗理斯對生命懷有恐懼感，而約翰公爵則沒有。而在現在這樣的時刻，一絲勇氣的價值超越了一縷感傷。

征服

希爾・斯特里特

我有時真的被征服了，不是被自豪——那個詞太過僵化和自私，而是被驚奇、欽佩和感激——緣於英國人民對於徵兵號令的盛大反響。在歷史的進程中，從來沒有過哪一樣事可以與此一比高下。我們曾平穩舒適地緩慢前進，我們曾富有、滿足、獨立，當然也偶爾爭吵，管我們自己的事，不談論理想、偉業和目標，並且實際上也不太多思考這些，我們對交易、生意和各種遊戲充滿了興趣，以至於德國以為我們完全沉浸於安逸和享樂之中。話說回來，我們平靜地創造出了一支巨大的國家部隊，我們對於每件事和任何事都捐贈了驚人的數額，我們衝入了一百項行動中——一切都彷彿是完全自然和正常的，不求任何榮譽，沒有任何造作，也沒有任何神祕召喚和自我標榜。

可是，讀報紙，妳會聯想到一切都出了問題：我們除了做錯什麼也沒做，沒有人知道或在意正在發生的一切，甚至沒有任何的努力、情感或自我犧牲在裡面。

然而，對於這些曲解我們自己的做法，很少可以感覺到有人表達了氣憤和不滿。沒有哪家報紙由於這個緣故遭到禁令。人們寫信給報紙，發出痛苦和恐懼的咆哮之聲，或沉浸於瘟疫式的輕蔑與指責，卻好像無人介意。我不確定對於尖叫者與罵人者這類人的冷漠算不算另一種寬宏大度。簡而言之，這個國家已經完全變了，可是又沒有任何的沾沾自喜表達出來，甚至沒有一種明顯的意識——多麼不可思議的一種變化已經來到我們的身邊。它只作為一種大型工作被愉快地承擔和執行，似乎是必然的事情。在我看來，整個事情似乎非常慷慨和單純，完全沒有自我表現的感覺。我們甚至沒有宣布一個計畫，我懷疑我們是否有任何的計畫，除了默默地下決心，以挽救我們珍視的自由。再看德國的說教是多麼可怕，對每個細節的說明都進行了準備，其自我諂媚令人噁心！把我們自己的愛國主義透過文字來表達，我感覺有點破壞它的質樸。我之所以寫信給妳來表達這件事，是因為我從未能夠這樣做過。奇怪的是，代表我們國家的漫畫形象是如此平凡：約翰·布林，一位從前的農夫形象，腳登高筒靴，讓人聯想到健康；不列顛尼亞，一位健壯的婦女，頭戴普通工人的帽盔，身穿睡衣，還有什麼比這更為平凡和生動嗎？這兩位人物形象在我看來沒有一個具有代表性或象徵性。抬頭伏臥的獅子，又懶散又快樂的樣子，更符合作為這樣一個象徵。但是，用符號無法表達出來的，是她的樸實無華和應變能力，不是作為一種自豪或興奮，而是作為一種無聲勝有聲的普通職責。

我不能再說了，否則我難以控制我的激動情緒。但我要說的是這一點：我衷心地感恩有幸在這樣一個時刻身為一名英國人的福分，它給了我一種深深的幸福感——就是看到我摯愛和尊敬的家鄉溫和平靜地伸出它巨大的力量，就象一個巨人從沉睡中甦醒，既沒有恐懼，也沒有自誇，也沒有高人一等的意識，只是懷有健康與力量的喜悅。

而就在這一刻我們選擇了把自己曲解為一個困乏、愚蠢和惡意的怪獸，粗苯地避開毆打，成為無數恐懼的受害者，這真是遺憾啊！

兩種生活

拉什頓・格蘭奇

今天，我獨自一人在森林中漫步。走在幽靜的小路上，透過一排排榛樹的間隙，鬱鬱濃濃的低矮灌木依稀可見，順著蜿蜒的小溪谷，又見到整條溪流靜靜地穿行於繁茂的水草中，接著，我走上一片開闊的牧場，望到遠方長滿樹木的山脊和連綿起伏的平原——一片芳醇令人心清氣爽，色彩也無保留，濃密而豐富。我不認為任何的景色可以如此設計，它完全滿足了我對美的直覺——完全是樸實而有益，任何山丘和原野都未曾如此饋贈——一種完全與人類的生命之愛編織在一起的感受。這種品性，雖然有點順服，甚至是馴服，卻完全符合美的標準。

面對這樣的景色，心靈會感受到一種深深的平靜，對於生活的愉悅也有一種幾乎是濃濃的感激。戰爭彷彿已遠去，就像海浪洶湧地拍打，但總有一個設好了的界線令它無法通過。

兩種生活

從前，這片郊野曾觸摸過戰爭的魔爪，曾受到劫掠而成為廢墟。可是，說什麼也無法留住過去此地的生活形態，哪怕是一年——花草樹木的生滅，林地裡生物的進出，土地裡耕作的情景。現今，日復一日地，沾有露水的早晨慢慢地讓這些溪谷和田野明亮起來，太陽升得更高，變得更熱，或者是雲雨經過這裡，接下來是黃昏降臨，落日溜過西邊的平原，星星出現在漆黑的林木頂上。

奇怪的是，有一種感覺：人屬於兩種生活——一方面屬於爭吵和暴力的生活，另一方面又屬於平靜而安寧的生活過程。這兩個哪一個我也不想離開。我想讓人們學會如何生活在群體和社會中，該有什麼樣的情感，該傳播哪一類藝術和文學，該增強哪一種人類靈魂。我與別人的所有友誼、親緣和關係是我生活中最強烈、最深切的部分。但這些不是它的全部。世界上還有其他的東西，首先是自然，我屬於它的一部分，我是從土壤和露水中演化而來的。接著，在所有人類關係的上面和後面，有某樣東西，更大、更全、更神祕，我把它稱作上帝。我認為祂手中掌握著最終的快樂，這種快樂比自然和人類能給的快樂更深更厚。我無法表達和說清，但是這種幽靜給我的一部分快樂，來自於透過直接的接觸而確信祂的存在。自然無法單獨做到，因為它永遠把終點帶給事物，它做的一切都有一種陰鬱的死亡威脅。人類也是這樣，人總會面對好像是某種外面的人，既不能分享，也不能溝通，也不承認友好。但我所談論的上帝的感覺，是某種強大的、耐心的、和善的、慈愛的力量，祂不總能讓人理解，或使人恢復平靜，減輕恐懼。但祂是一種微笑的存在，並能給出終極保障的存在。祂彷彿在說：「繼續生活下去，要有勇氣和耐心；你的所有懷疑和恐懼的答案都在這裡。」

有了這樣一種保證，我回到生活時，既沒有激動也沒有疑惑，而是平靜地面對。我感覺煩惱甚至死亡成為了小事情，這樣迎接等候著我的所有經歷，並迎接將來某一天我會走入的充滿快樂的祕密。

奇妙的交談

溫布頓

我必須告訴你，昨天在布倫登我和一位年輕的軍官進行了一場非常奇妙的交談，我感覺他是那位老人的姪子，或者，也可能是姪孫？順便我要說一下，若不是這樣，我在那裡的週日就會成為單調的一天，又單調又難過。我們一直以一種既沉重又詳細的方式談論著戰爭。這好像是一種人類的聚會——去除了任何動機的會談。準確地說，任何人都沒有過失，但如果某個人開始了另一話題，便允許出現一陣完全的沉默，然後澎湃的潮水再一次湧入。

這位青年上前線負傷了，不是很重，已經康復，又一次要去前線了。剛開始我以為他屬於最好的公立學校或大學培養出來的那種人。多麼出色的學子啊！準確地說，他不是非常帥氣，但看著很順眼，捲髮，微笑，舉止言談都很優雅。他完全友好，謙虛，性情溫和，從不搶話，但也沒有不便的害羞或不自然。

我和他在外面散步，我發現他除了從軍以外，還有非常多的興趣。他讀過大量的書，他有取有捨，甚至可以說是一位具有理性的人。不知道我們是怎麼聊起來的，但我們發現就像兩位老友一樣，我們談論著死亡和背後存在的東西。他毫不避諱地說：「我從不重視學校裡教給我們的那種宗教，那對我來說不是很真實，如果你理解我說的意思——我認為它與生活不符。」他很快又說：「我不相信所謂『再相會』和『彼岸』。我認為我們不會作為人繼續活著。人們繼續活著，或許是以某種方式，以他們孩子的形式，但如果他們死時沒有孩子，就像進入一條死路，我猜想——會完全終結的。」我稍微爭論了一下——你是知道我的信仰的。他說：「噢，當然，我們的生命和神識對別人會有影響的，我認為那也是一種繼續存在的方式，即使我們自己被人們遺忘了。」

我對此表示反對。我說我根本無法認同我的神識會像燒過了的香在空氣中留下的香味，而且，我也不願意把自己只是作為某個人手帕上的痕跡來存在。他笑了起來，但堅持他的觀點，說男人也好，女人也罷，如果像虛無的鬼魂一樣繼續存在，那現在他們就應已經找到某種方式與他們所愛的人進行某種溝通，並且可以說，他無法想像那個世界的人口，會無限制地膨脹。「不會的，」我說，「但我覺得很可能我會回來，並重新開始，這樣反覆很多次。」他驚訝地看著我說：「那我覺得真是無法忍受。」我們最後都認為，這畢竟只是個人直覺的衝突，是無法爭論的。我說：「知道山的那一邊一定有路，某種非常明顯和確定的事情一定會發生，這對我來說是一種安慰，一種真正的安慰。想到它絲毫不受你我或別人的看法影響，我非常開心，不論它是什麼，它一直在發生，並將繼續發生。」「是的，」他說，「這是一種安慰。」我猜我當時一定對他的那種反應表現出了某種驚訝，並繼續說，「當我年齡漸長，我越發覺得生命竟會終止是不可想像的。」「噢，」他說：「我不知道。我已盡情享受我的生活，幾乎對一切都如此。現在也還是如此。我沒有一點想死的想法，但我覺得生活無意義，無所得。你過了一個快樂的生活，你喜歡它，你獲得了體驗，但你無法給出任何東西，不論你多麼想——我的意思是你無法給出你的快樂和體驗。」「但你可以幫別人也獲得這種享受啊？」我說。「是的，但我不覺得那有太大意義。」他說：「我不相信我們來到世間只是為了互相愉悅。」我說：「那你沒有談過戀愛，我猜的對不？」他笑了笑說：「是的，我沒談過戀愛。那與這有什麼差別嗎？」「是的，」我說：「我想是有差別的。」過了一會我對他說，發現他對事情有這麼多思考，我很驚訝。「啊，不是太多，」他笑著說道：「我沒有時間思考這些，但我相信自己是一個非常現實的人，而我過的這種生活，以及我認識的所有人所過的生活，我總覺得漫無邊際，不知去向何方。」「但那不適合於這場戰爭吧？」我說。「在某種意義上倒是，」他說：「我們必須戰鬥，或者受挫。我並不想如此。但即便如此，我也看不到它的盡頭是什麼。這好像是一個很大的困惑，我看不出任何國家會從中得到什麼，而我看到的是它們會失去許多。」我模模糊糊地談到了自由。「是的，」他說：「德國的想法很糟糕，對這一點我沒有疑問。但當我們得到自由時，我根本無法確信它能用來做什麼。這聽起來有點玩世不恭，我猜，但我根本不是玩世不恭或意志消沉。我喜歡我現在的狀態和環境，但我仍然覺得我們都處於幽暗之中，誰也不知道我們正在往哪裡去。在學校我所受過的關於上帝的教育會使我感覺上帝不知道他自己想的是什麼，也就是說，他用一隻手帶給人們進步，另一隻手又拿走了！」我不記得我與他的交談是怎麼結束的，但他說，他很樂於等待，並說他不覺得自己知道所有應該知道的東西——目前對於一切，他還沒有非常清楚的見解。

在我眼裡，這是一個非常了不起的心境——不但是清晰的，而且具備非凡的勇氣和真誠。這只說明了一個人是多麼難以推測別人心裡是什麼樣的思想，除非他告訴你。我本來以為這個年輕人只是一個可愛、歡快和知足的男孩，大概擁有傳統意義的榮譽與職責的思想。他的確是快樂的人，並具有榮譽感和責任心，但一切中最好的是：他真正努力看見他心裡想的究竟是什麼，而不是滿足於普通的理解。他說如果可能，他會寫信給我。我們同意在將來的某日見面，再次對比我們的體驗——如果一切順利的話。他說他希望每個人都如此容易談得來，這讓我感到高興。我結束單調的旅程時，心中有一個寬慰，那就是我真正又交到一位朋友。

回顧

希爾・斯特里特

我並不想太過虔誠，但當我無法阻止回顧這場戰爭時，油然而生一種受到引導的特別印象。我不想消除這個印象，但我總有一種很強的衝動，就是如果某樣東西一眼看上去太好了，好得難以置信，我就要進行嚴格測試。德國的驚人錯誤——對於時局和所有國民情感的錯解，在錯誤的時刻做出的致命決定，他們的盲目自信！而後協約國又快又猛地出現了；德國的進攻在關鍵時刻出現不明原因的忽然停滯，無論海上還是陸上，德國的所有努力逐漸失敗和瓦解——這些事情，從中選取最顯著的一些，幾乎超出我的理解，確實給了我一種深刻的感覺——就是在對抗侵略者時，幾乎以一種獨立於人類能力，又身處其外的方式存在某種權威的部署和道德力量的集結。戰爭的爆發太突然了，而世界對它的抵抗幾乎是沒有組織的。似乎沒有人知道正在發生什麼，或是人們能夠做些什麼——

而德國已經懷著全部仇視和敵意，把尖刀插入了歐洲的心臟，結果怎麼樣？一種無形的網，幾乎是許多沒有意識到自己力量的機構，阻擋並擊退了進攻，而且現在正從容地逼近侵略者。

我確實看到德國的武力、傲慢和殘暴，這類邪惡勢力實實在在地彙集，但若是看不到與之對抗的正面力量在驚人彙聚，那便是不誠實的和孩子氣的。如果妳相信了一個，就一定允許相信另一個，是嗎？

但隨著戰爭的繼續，讓我印象越來越深的是，來自德國及其代表的邪惡勢力所發動的攻擊是多麼明確和堅決，它給了自由與文明致命性的打擊。在這種打擊的背後，是所有謀略和效率所做的一切。

但擊退它的力量，在我看來，是除了任何一個國家的意志和能力以外的某種東西。這些國家受到出其不意的襲擊，他們全無協商一致的抵抗計畫，他們的防禦全都是被迫臨時做出的。即使現在，他們也幾乎沒有一個最高的指揮中心。可是他們都被某種精神大師運用著，擊破了對方的力量。在歐洲，沒有某一個政治家，沒有哪一個統帥或君主，來引導這一切抵禦。似乎是自己形成的，在天空中，如我所說，是某種精神的穩固設計正在形成。我不知道我是否說清楚了，但儘管我實在不能在聯軍背景下觸摸到一個人物，比方說，拿破崙，或俾斯麥這樣的人物，卻感受到有一位調停，聯合，引導，幾乎是指揮的人格存在。不論它是什麼，德國看來是被撞了個頭破血流。對這一切，我不能夠給出任何一種解釋，除了明顯的一個，也就是說，那就是上帝。這倒不是順從於某種原始的一國之神的觀念，因為我們的抵抗中，沒有什麼分明屬於哪一個國家。我認為，這是一項我們幾乎無法按個體來思考的事業，這是一項真正的神聖力量對抗邪惡的戰役，因為邪惡往往有一種傾向，就是會走過它的極限。妳是否覺得我說的這些過於狂熱？我希望妳不會，因為我相信如此，如我說的，幾乎是超出了我的理智，也是因為事實並不指向任何其他的解釋。

仇恨

希爾・斯特里特

戰壕中的英國士兵們搞了一個歌詠會，他們使出全力吟唱著德國作家利紹爾讚美仇恨的詩歌，這是多麼有趣的事啊，既讓他們的法國同袍們感到驚異，又讓德國人感到憤怒！德國人無疑認為這缺少嚴肅性，甚至可能是無禮！

我很高興地想到英國人實在是不善於擁有德國人已培植成功的那種仇恨——如一位戰地作家所寫的：「一聲令下後才會有這樣的情緒。」英國人的仇恨是個體事件，比如某人遷怒於他人。實在不應該稱之為仇恨，因為仇恨是嫉妒和恐懼的混合體所激發出來的怒氣。我不認為嫉妒和恐懼這類應受指責的缺陷屬於我們！

關於這一點，有位流亡的德國囚徒在他描述的經歷中做了一個奇妙的證實。他把自己裝扮成教士，參訪了幾處雜耍戲院，看到了世界上所有的東西！但他記錄說，令他驚訝的是，不論是在情感上，還是在表達上，他都沒有看到任何仇視德國的憑證。的確，根本很少有證據顯示英國民眾考慮到德國，乃至意識到德國的勝利性進展。

而納爾遜的故事是多麼奇怪啊！他告訴他海軍學校的學生：要像恨魔鬼一樣恨法國人。當時，依然是在某個類似的場合，他補充說：「那是因為我媽媽恨法國人。」我不覺得這是一個令人信服的理由！但這也顯示，如果說一百年前納爾遜可能說出那種話來，再慮及我們現在對法國人的感覺——勇敢、禮貌、友愛、真正的騎士風度，那麼，談論永久的國家仇恨是多麼荒唐啊！

恨一個國家，包括男人，女人，以及兒童這類生命，對我來說這是不可能的事情，這就像讓我恨每一個名字叫布朗的人一樣。我需要一個更好的理由。我極不喜歡並且憎恨德國的精神、德國的方法、德國的裝腔作勢和自以為是，但我也相信，在德國有成千上萬溫和、誠實、勤勞的人們，他們處於極度迷惘之中，並無侵略的意願，只希望允許他們做他們的工作並過上舒適的家庭生活。只因為這些人是德國人而憎恨他們，這種思想是完全無意義的。我認為對待這種仇恨的最好方式，是像我們的士兵那樣，公開嘲笑這種思想，因為這樣會顯示出那不是一個偉大、高貴和輝煌的情感，而是一個小氣、妒忌、怯懦和多疑的情緒，非常類似於某種錯亂。

如果能將德國軍國主義者的惡劣方式追溯到他們的源頭，並發現是誰發起和允許了這些，我就能夠，也一定會對他們施以最明快和毫不留情的懲罰。我不會原諒他們，我懼怕，乃至鄙視原諒他們。但我希望我感受到的是義憤和鄙視，而不是仇恨，因為我相信，仇恨包含本質上卑劣的某種東西，無法成為一種高尚的激情。

愚蠢

希爾・斯特里特

世上居然有這類極愚蠢的人！今天早上，在我的俱樂部，我與一位溫厚、心軟的老人交談，他一直沉迷在戰爭的傷感中，無法自拔。他兩眼含淚，看著士兵照顧小動物或與孩子們玩鬧的畫面，或是看著飾有花圈的墳墓照片。

他對破壞舊建築表現得怒不可遏，他為一枚炮彈把教堂擊倒，而留下了十字架，感到精彩，他對袖珍基督聖約書擋住了一枚子彈感到非常得意。整個事情對於他都是美麗如畫，願上帝原諒他！我不是說這些沒有一點令人同情之處——但是離開了重大的、嚴酷而可怕的戰爭事務，一切的意義和象徵，乃至所有可憐的損耗和不幸，只看到一點痕跡和影響外什麼也看不到，這使我感到厭惡和恐懼。

妳不能跟這樣的人解釋說：他試圖從中得到的，是多麼幼稚的東西。蘭斯大教堂的毀壞在他看來是這場戰爭中最大的事，為了回答他關於這件事的謾罵，我說我現在實在無法分身，來過多理會建築方面的事——他認為我無情無義，麻木不仁。我寧肯看到五十個舊建築倒下，也不願看到一個年輕的生命白白地離去。建築，全憑的是運氣！當然，為了讓世界敬畏而肆意毀壞建築，只是德國的驚世殘忍和駭人醜行的另一個證明。但是盧西塔尼亞號客輪被擊沉，無辜的街區被轟炸，中立國比利時也被凶殘地占領，這使得所有其餘的都黯然失色。對小動物和舊建築的傷感此時也能在一個神智正常的人頭腦中擁有角色，我實在是無法理解。在這樣的日子裡擺弄傷感，在我看來，就像古龍香水投入到熔岩流。但是我又無法否認：它確實在人們的頭腦中扮演一個很重的角色，甚至帶給簡單的人真正的安慰！我不想粗魯苛刻地談論這樣的事情。我真的相信，天使衛士在比利時西南部城市蒙斯的故事，已經幫助一些人找到這場戰爭危機中的一種神聖元素。我們無法挑剔人們以一種我們恰好不喜歡的形式來表達他們眼裡的真相。在某種意義上，我覺得屬於我的情感的，好像只是渴求在如此可怕的混亂殘暴的痛苦中，能夠客觀地相信上帝的溫存。我想或許我們會像考文垂．帕特莫爾在那個美麗詩篇〈玩具〉中那樣，對這一切獲得最好的感知。妳記得那首詩嗎？父親由於小男孩不聽話而進行了懲罰，然後讓他睡覺去。當父親走到床前來看他時，發現他已入睡，所有兒童珠寶放在他床邊的桌子上——「來安慰自己受傷的心靈」。

接著，詩人寫道：

「所以那晚我對上帝，
一邊祈禱，一邊哭泣，
啊！當我們最後還有微弱的氣息，
不用死亡煩擾祢的情緒，
祢可記得我們的玩具，
我們用來製作歡愉，
能獲得理解是多麼稀奇。
祢偉大的力量和善意，
此時慈愛更不會比我低，
因為祢把我從泥土中捏起，

祢會離開憤怒，傾吐愛語——

原來，他們還只是孩子氣。」

我想，那就是祕訣。不擺弄傷感，但又不鄙視它。從我們的不完美中贏得力量，但又努力保持看到真理。

上帝

希爾·斯特里特

前幾天我看了一個孩子的故事，我猜想可能是真事——孩子聽舊約史書的講解，關於金牛犢的那一章。「於是上帝對以色列人非常生氣，」老師說。「非常什麼？」小女孩兩眼茫然地說。「非常生氣，親愛的，因為他們不聽話。」「啊，我想大家會笑起來的！」小女孩是對的。那是我們從舊約課程中得到的關於上帝的最糟糕的闡釋。關於上帝的舊觀念是類似族長的那種：專制，有時任性，有時會突然變得很嚴厲。說起來，祂是一位情緒多變的上帝，而不是一位恪守原則的上帝。這當然是對生活事實進行的一個原始和自然的解釋。自然的造化就是那個樣子的，情緒表露無遺，有時是接連不斷地饒過一個魯莽的人，有時把一個不小心的人打倒在地。真相是，造化根本不把我們作為獨立的個體來思考我們。它自行其道，就像一列快速火車，盲目地向前走。如果你擋了道，你將被毀滅。

但是對於上帝，我們不能，也不敢承擔起以往那種粗略的思考方法。如果我們必須認為上帝操控了公然的不平和自然的殘忍，那麼祂就不會同時也主宰著道德法則。但是如果我們相信上帝是一個慈愛的力量，祂的思想和心靈是傾向於我們，祂正努力地幫助、教導和提升我們，祂也在努力抗擊殘忍、邪惡和不公正的傾向，只是還不能馬上消除它們，那麼我們隨即有了信仰，因為我們可以加入到祂的行列，與他並肩作戰，我們會感覺到祂需要我們的一切幫助。這場戰爭已向我清楚地顯示了這一點。我不相信這場戰爭是一種懲罰，因為它給無辜的人最沉重的打擊。我不相信戰爭是上帝以任何方式造成的，或者甚至是受了祂的應允。我相信戰爭是邪惡的氾濫成災，上帝也在努力阻止。這樣的看法給了我真正的希望和活力，讓我懷著愛與信念站在上帝的身邊，而且給了我明確的事情做，為了祂，並跟隨祂。我並不是說這樣做就會使混亂變成秩序，也不是說邪惡的祕密因此得到解開，但這會讓我應徵到上帝的隊伍中，並使我有機會相信上帝身上完美的正義和慈愛。

利益

希爾・斯特里特

我本來可能在威斯克見到妳的。順便提一下，妳知道嗎，萊納德發現這個地方原來叫白威斯克，但他說，即便是他，也不敢再提這個名字。但我找了個藉口沒去那裡，因為約翰・菲爾德先生也去了那裡。我現在實在不想面對與他見面這類事。首先，我很生他的氣，因為他關於美國的言辭給出了太多好的建議，用的是校長與一位老學生話別時，本著關愛的精神指出其弱點的方式。我真的認為我們應該依賴美國自己採取合適的方針。當然美國是一個非常多樣化的國家。那裡有許多德國的友人，坦白地說，西部和南部的許多人只是對事務的商業屬性感興趣，但是除此而外，對協約國熱烈同情的人數也非常多，尤其在新英格蘭。對於統管著一個民主國家的美國政府來說，盡量找到一個兼顧各方利益的政策，而不是只代表一部分人的政策，這顯然是一個正確的方針。他們可以透過不與德國開戰，來給我們巨大的幫助。當然我不否認他們如此做會有較大的道德效應，但他們就得武裝和配備自己，而且我懷疑他們能否派出足夠的船隻或人員來實質上幫到協約國。但約翰先生的言辭是如此令人生氣和居高臨下，以至於會自絕同情，當然無法改變政治的天平。缺少對美國這樣一個國家的理解，顯然有些荒唐。妳是否記得在圖得漢姆的那位鄉紳老詹韋？他有幾處抵押出去的農場和一處裡面房子不怎麼樣的小農莊。我記得聽到他把大製造商普勒說成是一位五金行業的佼佼者，又因為態度粗魯而無法請去吃飯的人物——那就是約翰先生關於美國的一番說辭，說美國既無知又懶散。還有，我也真不想聽他娓娓動聽的講解政府犯的所有錯誤，所有軍事和海軍的過失，所有「顯而易見」和「不言而喻」的事情——這些都是從他的俱樂部撿回來的老生常談，沒什麼新內容。他極盡所能，抓過泰晤士報就大聲讀起來，他不介意別人的問題，只回答自己的問題。他約人一起散步，說他想知道別人的看法，然後說他會做一點序言性的評論——德倫奎爾說他幾乎是個無聊的怪物，我無法想像萊納德是怎麼忍受他的。

我想，這場戰爭使我們變得吹毛求疵了。但是，我能在十分鐘內從阿姆沃思身上有更多收穫，因為他給出的是一些簡明的事實和奇特的評論，既充滿知識又清楚明瞭。還有丹比，坦白地說他完全不談論戰爭，而是力圖保持對科學的興趣，這足以使人精神倍致。我喜歡見到能給我一些真實有效的資訊的人，或者能把我帶到其他現實領域的人，而一個絮絮叨叨婆婆媽媽的悲觀主義者——那是有害雜草得以生存的土壤。當約翰先生談論時，我所感受到的是厭倦和驚恐。我若是對他發脾氣，讓他住嘴，他會說：「哎呀，我沒想到原來這是普遍的看法啊！」或者「啊，現在我知道了，你說的是理論，我說的是我們想要切切實實地面對現實。」

那是眼下最嚴重的急切需求。沒有人能告訴我們出於策略考量的現實實情，我們並不真的知道正在發生什麼，我們不得不用欠缺的資訊和業餘的推測來滿足我們自己。此時，我們意識到一切是多麼嚴重，但我們誰也沒有領會一切有多麼龐大，最糟的做法是把一條微不足道的消息放入一個大空罐中供人們消費，因為我們想見到懷揣七個小瓶的天使，每個小瓶都充滿了巨大的神力。

平衡

希爾・斯特里特

我正在為洛德・阿姆沃思做一點工作，屬於機密的那種，而且的確非常有趣。他談起話來可真夠隨意的，我有時幾乎不相信我的耳朵。但我想，這些偉人會略微暗示跟誰說話是安全的。確實令人吃驚：他非常直率地談論他的同事們的所做所說——至少這讓我感到吃驚。妳知道他安排事物的絕妙方式，他眼神明快，手臂輕柔，那種手勢彷彿是在彈奏一段複雜的鋼琴曲。但是他彷彿把我當成了「我們的人」，因而粗心大意地彈給我重要的祕密，我發現，這些祕密還真的不容易回憶起來。他們的趣味大多在於說出來的方式，以及背後人物的奇特，甚至任性。

聽到人們談及局勢以及某些人應該扮演什麼樣的角色，他們所說的與我所知道的相符相應，使我感到非常開心。

這對我，自然有一種平心靜氣的效果！讀報紙，你會覺得政府部門都睡著了，就像克里米亞戰爭前，洛德．亞伯丁在內閣中讀他的備忘錄的情景，或者更嚴重，就如麥克斯．畢爾邦對柯勒律治談話的效果描述中，聽眾已擠成一堆，像臘腸一樣互相依偎，陷入昏睡的氣氛中。但我更為清楚他們的敏銳、活躍和平靜，並且真的有信心——任何表面上的遲滯都意味著一種力量平衡，而不是精神癱瘓。儘管盛行的看法是雜亂無章，但我感覺那是一個方陣——

「布好陣，拚刀槍。」

我恢復了平衡，捨棄了惶恐。我現在不能寫得太多，我太忙了。

幽默感

我去了洛德．阿姆沃思那裡，與他共度週日。通常，我很厭惡這類訪問——吃很長時間的飯，說很多的話，但這次是個安靜的訪問，有很重的幕後工作需要做。沒有旁人，只有阿姆沃思和夫人、女兒，以及從事運輸工作的女婿，還有常務副手懷斯。我被阿姆沃思的精力迷住了。他睡得少，他是我們稱為習慣性禁欲的人——他很少吃完盤中菜；他喝的飲料不過是蘇打水；他看上去精神飽滿；他週六讀我的稿子到半夜兩點；他起得早，而且早餐時精神抖擻。他先去了教堂，然後與維卡進行了長談，又和我在花園中散步。接著我們工作了整個下午和晚上。我坦白地講我累了，但晚餐時他卻毫無倦意，他講了很多故事，但絕不是作為故事，而是作為事例，他講這些趣事時真可謂入木三分。他引用柏拉圖的話逗我開心，說年幼時聽到的變了樣的哲學是一個有趣與恰當的偏好，但年齡大了，就顯得柔聲柔氣和不夠文雅。我不記得柏拉圖說過這類話，但是我發現被當作一個做事的人而不是哲學家，這才是快樂的。阿姆沃思夫人是一個既令人愉悅又有點潑辣的女主人。她說有一位下屬最近告訴她，他的牧師是一個非常好的人。「當然，這位下屬不是那種你可以跟他談論宗教的人——他不知道往哪看！」可是，稍後我和她提到巴斯卡，這段談話顯得非常有趣。她說她相信他是死於緊張，因為他一方面非常相信宗教，有一種神祕的感覺和神蹟牽引他，另一方面有一種理性促使他懷疑一切不能用邏輯說明的東西——這兩種直覺都非常真實，她說，但對於人的頭腦不是好事，好比身陷愛河的人被迫從哲學的角度做出解釋一樣。她說正是這一點害死了蒂勒爾。她不相信宗教是激情以外的任何東西，與藝術相近，而不是與智力相近。這些都非常有趣。

星期一我們回來時，我們沿著東方大區，向倫敦駛近。你知道這個深谷在那個地方是怎麼變寬的，像一個大河口。一邊是埃平森林的高處林木，另一邊我猜是哈利伯瑞附近的高地。我猜想，從埃奇威爾路開始算起逐漸就是這個城鎮。在一處，平坦的草地驟然停止，靠近大水庫，你看到斜坡上布滿了一排排別墅和新街道，塔樓和教堂拔地而起，在高處林木更遠的地方，點綴著一座座大房子，藍色的河流輾轉穿越這片田野。這是一個美好的，光輝燦爛的早晨，一切都在陽光下閃耀光芒，可見到炊煙升起。阿姆沃思望向車窗外，對我說：「這裡是一處擁擠的世界！除了說服外，認為用某種武力可以征服這一切的想法是多麼荒謬啊！它或許可以被毀壞一部分，但你不妨指望用拖布掃除這條河流，就像認為你用幾把槍阻止文明一樣。這就是德國荒誕的一面——他們沒有幽默感！」

和平

希爾・斯特里特

我仍然在非常努力地工作，不要認為我已深陷其中，我有很多東西要寫給妳。我真正從事公共事務的小經驗，雖然是在幕後工作中得到的，但似乎使我浮出所有感傷與病態的水面，讓我有了另一副面貌。當我說到情感，我指的不是情緒。我與以往一樣，感受到整個事情的陰暗，而荒廢了的生活，乃至於最美好的生活，成為我不敢去想的事情。我感覺不大願意對這一切進行推想，更無意挖掘它的根源。它已成為一場戰役，那倒是真的，而我更介意的是做好自己的角色，而不是在無跡可尋的地方尋找原因。我並不是說我認為我的角色很重要，但必須去做，而且我也樂於去做。戰爭的奇觀、神祕和悲哀都在那，巨大而無形的力量充滿了徵兆和定數。但我滿足於成為它的一部分的感覺，而不大關心如何進行詮釋。美麗與道義，我沒想到它們這麼合轍押韻，我終究不認為它們之間是有衝突的。

和平

「立法者斯特恩，你戴著
上帝最親切的仁義；
我們不知一切的美麗
正是你臉上的笑意。」

我開始看到這樣的笑臉，不是神祕、靦腆、反射出來的純粹的微笑——那倒也是一個非常真實的東西，而是能量、同袍和熱愛工作的笑臉。

星期六，我去了一個與阿姆沃思很不同的地方：肯特的一個山谷。這裡到處都是牧場和樹木，延伸到開闊的丘陵地，彷彿它們是在夏日的雲霧中用黯淡的祖母綠製作而成的。我和霍爾特在一起，他是最溫和的評論家。

可以恰當地說，他那種和顏悅色很容易遭人笑話，但他不在意，只是繼續著。他自己也不知道他為人們帶來了多大好處，因為他告訴普通的人們：他們身上存在美的東西，關鍵在於自己能看得到。他這個人與各式各樣的無名小卒有大量的書信聯絡，他給了他們那件偉大禮物——自我的認同感。他真誠而準時地回信給他們。他以無所不在的耐心開出一條路，就像水之至柔，馳騁天下之至堅。

在這背後，他有極其敏銳的思維，並富於幽默感。但他柔和地說，幽默只用於交談，而無法用於寫作。我不同意他的看法，在一個爽朗的時刻，我告訴他，不把他的辛辣思維寫進書裡，真是天大的憾事！「噢，我了解我自己！」他沉靜地說，「我的幽默不太靠譜。我的所有爭吵都來自於幽默，我的話容易刺傷人，只能以我自己為例。在寫作上，你知道，我屬於傳經布道的類型。如史蒂文森所說，我會從死人堆裡站起來，進行布道！有這種需要，我完全是認真做這件事。我不會用不負責任的異想，破壞我能做的事情。謝謝你，我知道我自己該怎麼做。」

下午，我與他同行，他帶我去看近處的磨坊。盛滿了水的人工水渠穿過綠色的牧場，沿路上，小樹林的枝葉探入水中。磨坊是一個老舊且不規整的磚房，戶外磨坊池的上方有一個木製的高大建築。後面是煙囪和牛圈，溪流環繞著碩果累累的果園，儼然是一個美不勝收的家宅。他讓我看那個又大又黑，長滿苔蘚的水輪子，白天靜靜地守在多蕨的壁龕處。我們從路上俯瞰此處時，「那裡，」他說，「那是我稱作極其美麗、有用而且舒適的地方，那裡是對人類生活的最好表達。」沒有一樣東西不意味著可靠、明智、滿意和質樸。妳不會告訴我不該對人們解釋這個極盡完美、恰到好處和溫馨舒適的事情吧？我想要的正是這種文明，我無法表述我受到此處的打動有多麼深，這是一個超越了人們的思想、工作、愛和需求的地方。大自然和人類達到了絕無僅有的相互融合與和諧平靜！

我們幾乎沒有談到戰爭，談的大多是書與人。他有一位溫柔賢慧的妻子和三個漂亮的女兒，她們的質樸和魅力令人喜悅。我猜想，他在許多方面感到了戰爭的陰影——收入方面一定能感覺到！他說：「對我來說，戰爭太過龐大和殘酷。我無法考慮這樣的事情。它使我要為鄰居做許多事情，當然是在小的方面——交談，建議，同情，幫助——都是小事，我就是這樣看待戰爭的，只是一個悲傷的波紋。」他微笑著補充說，「我就像《新約．使徒行傳》中的水手，在船尾拋下了三個錨，然後期待著一天！」

這次參訪使我受益匪淺，因為它使我感到霍爾特身處、深信和致力的這種和平值得付出任何犧牲來加以維護。沒有一點奢侈、虛假、怠惰或不現實——沒有競爭、嫉妒或爭吵的狂熱——它充滿了生命、真愛、活力和安定。祝福老霍爾特！他抵得過喧囂、耍怪、擺造型的一支文學大軍，他牢牢掌握住了美麗的東西，與文學相比，他更相信生活。

戰爭之後

希爾・斯特里特

我幾時能再見到妳，親愛的？我好像已被工作添滿，並有不同的生活和家庭體驗零星地插入，以至於我離開妳的時間太長，超出了我的意願。妳鼓勵我如此，並誠懇地告訴我健康在於此。但我想知道妳是什麼樣的想法和感覺，是否生活遇到波折。我無法了解，除非見到妳。我沒有必要告訴妳不論發生了什麼，妳總是在我的潛意識中。但是我當然知道，我們無法贈送唯一值得贈與的東西——喜悅和心靈的平靜，從而使普通的生活變得快樂。

我並不是說我已獲得了它們。在我和希望的銀山之間，戰爭仍然在傾瀉烏黑的溪流。但我已經收穫了這一點——我感覺幸福之地就在不遠處，如果不是在等候我們，至少也是在等候我們後面的人。總聽人們對我說：「世界再也不會一樣了。」當然不會一樣了，但是我不相信所有的希望和快樂會從此泯滅。我相信人性的抵抗力和痊癒的能力。生命之源將重新迸發，更加洶湧澎湃，乃至更為清澈和鮮活。讓我們看一看國家從戰爭中恢復得有多快：法國被路易十四、被拿破崙、被普魯士一次又一次地耗盡了財富和生機，可是它在熱愛美好、優雅高貴、思想情趣、家庭情感，以及頻遭災難後的這方面，是所有國家之中，活得最自由，最充實的。在歐洲，唯一沒有播下成功種子的是德國自己。比如在普法戰爭中，德國輕鬆取得了全面勝利，但是在道德和精神上徹底失敗了：收割了所有的驕傲、財富和利益，卻成為了其他國家的恐懼和憎惡。基本上，使我們國家免於虛榮浮華的，難以用語言描述——一種自然的節制，一個良好的性情，對花言巧語的憎惡，對炫耀的鄙視。迄今為止，這是戰爭的一個好結果，它忽然為我們顯示了我們自己國家的質樸、友善和活力。諷刺作家和悲觀論者現在沉默不語了。恐慌的販賣者能找到的唯一可以用來責備我們的，就是我們沒有像他希望的那樣輕易被嚇倒。

今天，我收到一封來自一位青年軍官的信，他上前線一週後受了輕傷——投入戰鬥的第一週。他是一個溫順的人，對戰爭毫無興趣，他的職業——行醫，正值花樣年華。他說他的傷勢很輕，並說：「我想告訴你點事，它會讓你驚訝，而且也讓我感到驚訝。我在前方戰壕的一週裡，完全是快樂——我在生活中從未如此快樂過。我很奇怪，我渴望回家工作，若是聽到戰爭結束了，我會覺得非常輕鬆；但與此相背離的是，在我頭腦中的另一個小塊，有一種非常不合邏輯的願望，它非常強烈，就是再一次回到戰壕去。我幾乎不好意思說我多麼希望健康好轉，好再走一遭。」

那對我好像是個祕密——不是成為這樣或那樣，而是同時兼具兩種——非常矛盾和不合理性，但仍然是可行的。

妳有時間時，我會跟妳談點事。我星期日可以，我在星期六兩點半能到，我們可以走一走。星期日晚間我得返回。

破產

希爾・斯特里特

昨天，我們的朋友喬治・達克雷過來與我一起度過了一個夜晚。慚愧地講，我對他感到有多麼煩，而且我覺得在我腦子裡保持文明用語有多麼難。他說一切都結束了，不論戰爭中發生了什麼，他所珍視和為之工作的一切都會結束的。

我想到他小心翼翼的拼字，他的節衣縮食，以及他對大言不慚的鄙視——妳是否記得有一次在拉什頓，他說無法讀白朗寧的作品時，是怎麼說的？他說就像看見一頭大象在雜亂的密林水塘中洗澡，更糟的是，這是一隻具備大學附校講師的行為準則的大象。

他說他破產了，在希望和目標上破產了。他說儘管我們英國盛行市儈主義，他也曾看到一點神聖的傳統孜孜不倦地塑造。現在被當頭一擊。世人除了產業問題和尚武精神外，將有一代人不會考慮別的。他還說，未來世界，社會將會分解——沒有人會有時間為了嚴肅話題和嚴肅音樂聚在一起。我想起了克羅夫特夫人的日本午宴，邀請函上寫的是私人音樂會。他悲嘆起來，直到晚餐完全準備好了。接著，他說考慮遠離世俗，在一個幽美之地投身於藝術——在德文郡的一個小村莊有一處石製小屋，周圍全是花園野草。我提醒他有可能枯燥乏味，但他說戰爭留給他的唯一品格就是可悲的耐心。妳是知道那種事情的。我覺得他只是徹頭徹尾穿著唯美的外衣，裡面是什麼都可以看到！

我盡量安慰他，但是我坦承：沮喪一經成為異形，很難再次予以免除。但這使我對我自己的消沉和憂鬱感到非常慚愧，不止如此，它使我感到這場又可怕又可悲的戰爭，至少徹底掃除了安靜了一代的藝術。如果說只是結束了那些小造型和小狂喜，倒也屬於做了些事情的，人們可能覺得那些沒有壞處。但是聽了喬治說的話後，我感覺我們長期處於富足的平靜狀態，過多地鼓勵了小人物，使他們對自身價值的感覺處於過於安逸的狀態。

我不認為戰爭的這一年，對於藝術是一個或大或小的好時光，越是大藝術家，不被需要的感覺一定就越深切。當房子起火時，人們就缺少對後印象主義的興趣。當然，大藝術還是小藝術這類東西，它們肯定都會回來的。但是，它們給了大人物一些思考的原料，一些有益的痛苦，偉大思想是由此誕生的。

但我不知道我能為喬治做些什麼。我不知道我能為那些僅僅厭倦了戰爭的小精靈們做些什麼。這類人有許許多多，只是他們不敢承認。如果他們勇於面對，我會對他們更具好感。但是目前，他們就像英國童話故事中的兩個小鵝一樣，當巨大的烏鴉出現時，牠們就退去了。鵝想回到牠可愛的撥浪鼓邊，看還能不能把它修補好。喬治的問題是，他認為他極度認真，並且持有的是有尊嚴的憂傷。他沒有意識到，他只是鳴叫聲比平時自己聽到的聲音大得多些的小鵝。

逃離

希爾・斯特里特

我一直在思考喬治以及他要與世隔絕的想法。現今，這種想法成為了什麼樣子呢？在中世紀的時候，顯然並不罕見。受到挫敗的勇士發願出家修道，或者，王后成為女修道院院長。當然，世界的情況已經變了。若是生活在世俗中，妳被口無遮攔的人群環繞，過的是一種粗俗的生活，而且妳不能躲避打擊。在一個修道院，交談雖然可能乏味，但至少是體面的，唯一的約束是章節中的語句。但我不相信人性變化了很多，我認為人們還是一定要超越這個世界的，當然人們沒有如此明白地意識到這一點。我是指現在士兵退隱到社會服務俱樂部，或者到鄉下飼養家禽。

同樣，因為這場暴風驟雨，我常常明顯地意識到我要趕快逃離的想法。如果可以逃到某個地方就好了！我無法逃離我自己的思想，以及我朋友們的來信，還有每日的報紙。沒有平靜的堡壘可尋，而且，修道人也是過一種艱難的生活，他可能感到乏味，但不能有空閒。此外，雖然我相信禱告，但我不相信它是一個令我全情投入的職業。它對我就像吃飯和喝水，是供應一種既定的需求。我無法透過整天吃喝來指望幫助飢餓的人吃得上飯。不管怎麼說，世人不會相信這是慈善家該做的一項工作。

此外，我覺得這種對隱遁的嚮往不會持續太久——在鄉村深處的一處農舍，一些文字工作，長時間散步，一些好的談話和音樂——這一切聽起來真是既可愛又可笑！不，我身上的絕大部分是希望把這件大事看穿，並盡力幫助人們安頓下來，以便回到正常的生活。我不相信生活的狀況會有顯著的不同。當然，會有更多的徵稅，更為樸素的生活，尤其是需要更多的合作。我希望並相信明智的人會著手工作，不但要使戰爭成為不可能發生的事情，而且要治癒和平時期使戰爭不可避免發生的弊端。

我還沒發現一個人希望戰爭，我自己也沒見過一個願意不惜一切代價制止戰爭的人，不論是男還是女。我猜想，有這樣一些和平主義者——當然沒有人想稱他們為和事佬。我認為有相當一批人是不必要的，他們被認為是於事無益的人，但我相信他們只是一些沒有受眾的好心人而已，而我們的任何謾罵反而會助長他們的那種事業。就我個人而言，我坦白地講，我全心全意地希望看到德國撞個頭破血流。我相信它已經做到這地步了，這種破裂還在與日加劇。但未來的整個希望在於它的駭世實驗完全失敗，並且我希望它受到鄙視。我不相信仇恨會治癒它。只要它被人們憎恨，它就會知道人們懼怕它，因為一個人不會憎恨自己不怕的任何東西。我希望它變得脆弱和無力，從而在體面的國家中間謀求一席之地，承認錯誤，為自己得到的名聲而感到羞恥。我不認為我是單純地懷恨在心，但我誠實地相信，努力重獲自尊、誠實、文雅和謙遜，是德國自己的唯一希望。

我想讓它知道，即使勝利了，暴力也不是正當的；而且使自己國家自以為是的信條是絕對有毒有害的。我總是有點懷疑為了別人好而令其受到羞辱的這種想法，但我看不到有什麼其他方式能解決現在的問題。德國，在剛開始戰爭時，就行為異常，如果它勝利了，它的方式就會更糟糕。如果我們要在歐洲安靜地存活，我們就傷不起讓一個失常的土霸王任意逍遙。

最美好的一天

希爾・斯特里特

我一定要寫下幾句感激和深情的話，因為我度過了一個美麗的週日——我覺得這是我一生中最美好的一天。

時鐘已把我擺動得太遠，我知道這一點。於是我開始陷於一種過度的沮喪。我這艘安靜停泊的小船已被暴風雨捲走，我曾感到困惑和驚慌。然後，我捲入到公共事務中，既感到勞累又恥於我的宇宙玄學。如果我在前幾封信中忽略了妳的悲傷，請寬恕我。我感覺我的做法有點像我的小姪女，幾天前她因為她的妹妹牙痛而發火，這是因為影響到了自己的樂趣。「為什麼她在我的生日上牙痛？」她哀怨地對我說。我們許多人就是這麼感覺的，儘管我們很少有人如此直白。

這是一件困難的事——如何對一個重大的世俗問題不為個人感情左右地感興趣，如何感受到所有發生的重大問題的襲擊，就像感受第一波海浪洶湧澎湃地沖向陸地，然後冷靜而平穩地進入一個岩石潭。不論妳多麼喜歡平靜安逸，它來的時候總有一種鮮度。但是這樣做的危險，是妳可能忘記個人的一面，認為私下的悲劇僅僅是一些「事例」。一位家破人亡的孤獨母親，如何能透過事物看到歷史和政治趨勢的衝突呢？

但是我覺得，妳做到了這一點——當我和妳在一起時，妳達到了這樣一個領域：個人悲傷和大眾問題儼然成為一體。在我看來，兩者妳都容得下——妳不是把思想留給問題，把心靈留給悲傷，而是把兩者一起裝入了妳的心靈。

我想，這就是信仰！但我對信仰的了解不夠深刻。我自己也逃避生活，在信仰中尋求庇護。我發現我自己到了一個過去、現在與未來融合成為幸福與渴望的神祕地方，感受著幸福的時光。然而，那只是一種心情。我未能做到的是達到一種深度，從而感知上帝掌握個人悲傷的祕密同時，也掌握著引導世人在現實中取得成就的希望。我只是接近了上帝的心懷，但我覺得，妳已經進入上帝的思想。

這只是一個例子。但我記得我的一位朋友，他向格蘭特主教請教了一個的確是非常現實的問題。他告訴我，主教非常清楚和巧妙地指示他該怎麼做，並用簡短的幾句話把整個事情提升到一個完全不同的領域，使我朋友的做事方式和沉重的憂慮變成了小事情——目前是重要的，這是出於效率的原因，但不不宜過度思慮。我朋友說：「彷彿他催促我行動，但沒有忘記我的飲食和裝備，或者我眼前的職責，或者我正承擔的風險，或者任何別的。但全都恰如其分。」

恰如其分！說起來多麼簡單，做到是多麼難。理想主義者忘了靴子和水壺，現實主義者則想不到別的東西。

妳給我的是這種感覺：我們都參與了一個浩大的事業，每個人手中都有一小份工作，這個浩大的事業不但滿載偉大的夢想和前景，而且也具備輝煌的現實——城市的每一根地基都是一塊珍貴的寶石。一切都有賴於我們恪盡職守地做好我們自己的那小份工作，同時也不漠視我們頭等重要的哀傷與喜愛，而且不會縱容它們令我們失去理智和力量。

我怎麼表達這一點呢？妳肯定會說妳沒有意識到自己做過任何這類事情。但我看到了妳思想的境界，我看到妳的悲傷不僅是個人的苦難，而且也是代表偉大、威嚴和永恆的某種東西的符號。是那種以小見大的力量給了我如此光明。詩人是這樣描述的：但觀一碎片，全景現眼前——由地上的珍珠而見天邊的彩虹；由路邊的池塘而見神靈的寧靜；由綻開的鮮花而見上帝的慈愛。要做到這一點，我們就要超越眼前的東西，這就是祕密。如果我們不肯觀看小的事情，我們就無法見到大的價值。當我們觀看後，抬起頭來，把目光投向清澈可鑑的天空。

親愛的，這就是妳為我所做的事情。上帝呵護妳，保佑妳，並給妳祂的喜悅與寧靜，現在，乃至將來——妳，我，以及所有我們的同類，都將聆聽祂的福音。

電子書購買

國家圖書館出版品預行編目資料

戰時書簡，烽火歲月本森教授通信集：槍砲聲數年不減，歷劫歸來的是希望抑或更深的絕望？ / [英] 亞瑟 · 本森（Arthur Benson）著 郭惠斌 譯 . -- 第一版 . -- 臺北市 : 崧燁文化事業有限公司 , 2023.07

面； 公分

POD 版

譯自 : Meanwhile : a packet of war letters

ISBN 978-626-357-427-4(平裝)

873.6　　112008470

戰時書簡，烽火歲月本森教授通信集：槍砲聲數年不減，歷劫歸來的是希望抑或更深的絕望？

臉書

作　　者：[英] 亞瑟 · 本森（Arthur Benson）
翻　　譯：郭惠斌
發 行 人：黃振庭
出 版 者：崧燁文化事業有限公司
發 行 者：崧燁文化事業有限公司
E-mail：sonbookservice@gmail.com
粉 絲 頁：https://www.facebook.com/sonbookss/
網　　址：https://sonbook.net/
地　　址：台北市中正區重慶南路一段六十一號八樓 815 室
Rm. 815, 8F., No.61, Sec. 1, Chongqing S. Rd., Zhongzheng Dist., Taipei City 100, Taiwan
電　　話：(02)2370-3310　　**傳　　真**：(02) 2388-1990
印　　刷：京峯數位服務有限公司
律師顧問：廣華律師事務所 張珮琦律師

定　　價： 299 元
發行日期： 2023 年 07 月第一版
◎本書以 POD 印製